DUMONTSpeicher

JAN KONEFFKE wurde 1960 in Darmstadt geboren und lebt als Schriftsteller und Publizist in Wien und Bukarest. Er erhielt u. a. den Leonce-
und-Lena-Preis für Lyrik, den Friedrich-Hölderlin-Förderpreis und den
Literaturpreis der Stadt Offenbach. Zuletzt erschienen von Jan Koneffke
bei DuMont der Gedichtband *Was rauchte ich Schwaden zum Mond* (2001)
und die Romane *Paul Schatz im Uhrenkasten* (2000) und *Eine Liebe am Tiber*
(2004).

JAN KONEFFKE

Abschiedsnovelle

Erste Auflage 2006
© 2006 DuMont Literatur und Kunst Verlag, Köln
Alle Rechte vorbehalten

Ausstattung, Umschlag und Abbildung: Groothuis, Lohfert, Consorten | glcons.de
Gesetzt aus der Quadraat
Gedruckt auf säurefreiem und chlorfrei gebleichtem Papier
Satz: Greiner & Reichel, Köln
Druck und Verarbeitung: fgb · freiburger graphische betriebe · www.fgb.de
Printed in Germany

ISBN 10: 3-8321-7958-5
ISBN 13: 978-3-8321-7958-8

Es war ein Morgen im Mai mit tiefziehenden Wolken und Nieselregen, als uns das Taxi zum Flughafen Tegel brachte. Meiner Munterkeit konnte das Wetter nichts anhaben. Gegen meine Gewohnheit war ich erwacht, ehe der Radiowecker mich aufscheuchte, und anders als sonst war es Claire, die sich mit dem Aufstehen schwer tat, nicht ich.

Es war dieses Reisefieber aus Kindheitstagen, das ich nicht abwerfen konnte. Ich verdankte es meinem Vater, der im Postamt am Schalter bedient hatte, ein kleiner Beamter mit niedrigem Einkommen, aufrichtig, mutlos und ohne Ehrgeiz. In Urlaub zu fahren war ein Abenteuer, auf das er sich lediglich Mutter zuliebe einließ, einer aus Breslau vertriebenen Kaufmannstocher, die an Fernweh und Reiselust litt – und an einem Ehemann verzweifelte, der keinen Aufsteigerwillen besaß. Außerdem fuhren inzwischen ja alle auf seiner Dienststelle in den Urlaub, zum Großglockner und ans Adriatische Meer, und er wollte nicht auffallen. Trotzdem betonte er laufend, sich niemals in einem Urlaub erholt zu haben, dieses Wegfahren sei ausschließlich anstrengend und kostspielig. Wenn wir in den Bayrischen Wald fuhren, um zu wandern, oder zu einem Badeurlaub an den Ostseestrand, stand mein Elternhaus kopf. Vater konnte sich niemals entscheiden, was er mitnehmen oder daheim lassen sollte, auf der Fahrt war er ewig besorgt, nicht rechtzeitig am Umsteigebahnhof zu sein und einen Anschlußzug zu verpassen.

Claire fand diese Reisegeschichten aus meiner Familie zum Umwerfen komisch, und als sie maulte, ich solle sie schlafen lassen, zum Waschen und Anziehen sei ausreichend Zeit, setzte ich mich auf den Bettrand und plauderte von meinem Vater, der Wochen vor unserer Abreise mit einem Fahrplan im Wohnzimmer hockte, um »auf Nummer Sicher« zu gehen. An dieser Stelle begann sie bereits zu kichern und war endlich bereit, aus dem Bett zu steigen.

Wir verbrachten fast nie eine Nacht miteinander. Meistens brach Claire gegen Mitternacht auf, um nach Hause zu fahren und alleine zu schlafen. Sie tat sich mit meinen Gewohnheiten schwer – mit Gewohnheiten im allgemeinen – und mochte es, niemanden um sich zu haben, sei es beim Zubettgehen, sei es beim Aufwachen. Tage und Wochen verstrichen bisweilen zwischen unseren Begegnungen, und sie vermißte mich nicht. Sie war nicht der Mensch, der in Ausreden Zuflucht suchte und mir eine schmerzhafte Wahrheit ersparte.

Meinen Radiowecker verfluchte sie – sie haßte es, Uhrzeiten einzuhalten – und mochte es nicht, wenn ich aus dem Haus eilte, um gegen neun in der Anwaltskanzlei zu sein. Einen Stirn- oder Wangenkuß zum Abschied verbat sie sich. Das sei reine Mechanik, behauptete sie, die zum rohen, versklavenden Alltagstrott paßte, an dem eine Liebesbeziehung erstickte. Sie werde an Stirn oder Wange ein Leben lang taub bleiben, falls ich auf meiner Abschiedsgewohnheit bestehen solle, warnte sie mich voller Ernst und bedeckte sich fauchend mit Decke und Kissen, als ich aus dem Flur eine Kußhand ans Bett schickte.

Am Vorabend dieser zusammen verbrachten Nacht hatte sie sich verbummelt, und sich zu verbummeln, das war eine Leidenschaft Claires. Sie sei beim Packen auf Briefe gestoßen, die sie dringend habe lesen wollen, meinte sie – welche Briefe es waren, verriet sie mir nicht. Als sie endlich um Mitternacht bei mir einfiel, Sturm klingelnd, atemlos, vollkommen abgehetzt, mit einem handlichen Reisekoffer und einer prallvollen Ledertasche, in der sie beunruhigt zu kramen begann, stellte sie fest, keinen Pfennig bei sich zu haben. Brieftasche, Kreditkarten und Adressbuch hatte sie bei sich zu Hause vergessen.

Sie war nicht zerstreut, nicht zerstreuter als ich. Sie wollte sich einfach von Dingen nicht ablenken lassen, die fade und langweilig schienen, und nichts war langweiliger, als ans Geld zu denken. Und was das Adressbuch betraf, war ich mir nicht sicher, ob sie es nicht extra verlegt hatte – in dieser Mischung aus Absicht und Schußligkeit, die mir von meiner Liebsten vertraut war. Wenn sie verreiste, kam sie sich verpflichtet vor, Ansichtskarten an Freunde und Freundinnen zu schreiben, und mit den zu Hause vergessenen Adressen konnte sie sich dieser leidigen Pflicht entziehen und mußte sich keinen Vorwurf machen. Trotzdem war es nicht einfach, sie abzubringen von der Idee, schnurstracks wieder ins Auto zu steigen und aus der Kreuzberger Wohnung am Landwehrkanal Kreditkarten, Geld und Adressbuch zu holen.

»Ich werde mich halt von dir einladen lassen«, gluckste sie, als sie zu mir ins Bett kroch, »ich werde einfach dein Betthase sein, und einen Betthasen muß man ja aushalten.« – »Was soll das heißen?« entgegnete ich, indem ich ein paar Zentimeter beiseite rutschte. »Na, das heißt, du wirst dir einen Seitensprung leisten und mit einer Ferienbekanntschaft ins Bett steigen, um dich von mir zu erholen.« – »Von dir?« – »Von wem sonst. Bin ich nicht deine Freundin?«, sie setzte sich auf und betrachtete mich mit verlogenem Mitleid. »Du hast dir Urlaub von mir verdient. Erstens bin ich zu anstrengend, das kannst du nicht abstreiten, und zweitens hast du diese Titten und Arschbacken satt«, sie faßte sich an eine Brust, »du brauchst Abwechslung, mußt dich zerstreuen. Und ich erteile dir meinen Segen, das kommt nicht in allen Familien vor!« – »Verschone mich mit diesem Quatsch!« grollte ich. »Ich verlange, nicht anders behandelt zu werden«, fuhr sie fort, ohne mich zu beachten, »und falls es mich langweilen sollte, mit dir zu schlafen, darf ich mich mit einem anderen austoben, nicht wahr?«

Sie machte nicht mehr den Eindruck zu scherzen. Im Schneidersitz hockte sie neben mir und starrte zur brennenden Nachttischlampe. Mir war nicht klar, was ich antworten sollte, oder ob es nicht besser wäre, wenn ich mich totstellte. Sich totzustellen hatte den Vorteil, nichts Falsches zu sagen, und ich irrte mich meistens bei dem, was sie sich als Erwiderung von mir erwartete. Es konnte sich um eine Falle handeln, eine der Fallen, die sie aufstellte, um sich aus heiterem Himmel mit mir zu zerstreiten – und ich tappte mit Vorliebe in diese Fallen.

Sie war nicht besonders begeistert gewesen von meiner Absicht, zwei Wochen in Urlaub zu fahren, ohne mir zu verraten, warum, ob sie einen Auftrag erledigen mußte oder andere Reisen im Sinn hatte. Das sagte sie ohne Umschweife, wenn sie eine Freundin in Brooklyn besuchen wollte, vorhatte, sich mit dem Bruder zu treffen, der zwischen London und Heidelberg pendelte, oder plante, sich mit einer Arbeit ins irische Landhaus bei Dunagal zu verkriechen, das ein aus Studientagen befreundeter Dolmetscherfreund billig an sie vermietete. Sie trat diese Reisen alleine an und wollte von meiner Begleitung nichts wissen.

Es war nicht in Erfahrung zu bringen, warum sie sich mit meinem Vorschlag nicht anfreunden konnte. Anzunehmen, es war reine Lustlosigkeit. Sie wollte lieber daheim bleiben, als zu verreisen, oder scheute zur Zeit ein Zusammensein mit mir. Das konnte passieren und versetzte mir Stiche, ohne mich zu verunsichern und mir Verletzungen beizubringen, die mich verbitterten, wie das an unserem Anfang gewesen war.

Heute verwand ich es, wenn sie mir mitteilte, sie brauche Abstand, um zu sich zu kommen, und sich am anderen Tag telefonisch aus Amsterdam oder Paris bei mir meldete, wo sie sich eine Ausstellung anschauen, eine Theaterpremiere erleben wollte oder nichts anderes im Sinne hatte als einen Grachtenspaziergang, einen Bummel am Seineufer, falls es nicht um berufliche Dinge ging und sie sich in letzter Minute entschieden hatte, einen Kongreßtermin wahrzunehmen und den Dolmetscherauftrag nicht platzen zu lassen.

Sie hatte sich schließlich erweichen lassen, ohne mit mir

einen Strauß auszufechten. Ja, sie fand, es sei richtig, ich solle mich endlich aus meiner verdammten Kanzlei stehlen und diese dummen Klienten zwei Wochen vergessen! Schlagartig wirkte sie nicht mehr verdrossen und abwehrend. Ich muß bekennen, ich traute dem Frieden nicht recht, und diese spitzen Bemerkungen am Vorabend unserer Abreise mochten Claires Rache sein.

Aus der abgasverpesteten, engen, von Rudeln aus Motorradfahrern und knallvollen Bussen befahrenen Schlucht namens Via del Tritone, die vom Corso zur Piazza Barberini anstieg, bog unser Taxi scharf in eine Gasse ab und hielt vorm Eckhaus am anderen Ende, das sich zu einem freundlichen Winkel verbreiterte mit von Glyzinien und Efeu bewachsenen Hausmauern, blauen und weißen Markisen vor Bar, Metzgerei und Tabakwarenladen, den sein Besitzer in dieser Minute verließ, um mit einer eisernen Stange am Gitter zu ziehen, das in seinen Laufschienen ratternd zur Schwelle krachte. Es war staubig und heiß, trotz der Brisen vom Meer.

Ich bezahlte den Fahrer, der uns unsere Koffer anreichte und Claire seine Karte verehrte, die er aus der Hemdtasche zog. Der aus Kalabrien stammende Mann hatte sich als Verehrer Petrarcas und Dantes erwiesen, die er seitenlang auswendig kannte, und als er bemerkt hatte, Claire war beim Aufsagen Dantescher Verse um keine Spur schlechter als er, war er erst begeistert und anschließend fassungslos, als er erfuhr, sie komme aus Deutschland.

Man konnte dem Mann seinen Irrtum nachsehen. Claires Erscheinung, Claires fließendes Italienisch legten den Schluß nah, sie sei Italienerin. Einen Stau auf der Autobahnabfahrt ins Viertel Portuense hatte er zu einer Abrechnung mit seinem Land benutzt, das seine Dichter vergessen habe und nichts anderes mehr kenne als Fußball und Fernsehen. Als wir am Ziel waren, meinte er dankbar zu Claire: »Falls Sie mich brauchen, ich bin bereit. Ob bei Tag oder Nacht, das spielt keine Rolle.« Um diese Zweideutigkeit wieder wettzumachen, streckte er seinen Arm aus, um sich mit einem festen, verbindlichen Handschlag von mir zu verabschieden.

»Den hast du beeindruckt«, bemerkte ich, eine Spur bissiger, als ich es wollte. »Du hast recht«, meinte sie, »er war vollkommen von den Socken.« Sie sagte das ohne ein Wimpernzucken und mit einer Ernsthaftigkeit, die mich reizte. Ein modrig riechender Hausflur verschluckte uns, der stockdunkel und keine zwei Meter breit war. An seinem Ende, rechts neben dem Treppenabsatz, befand sich ein vergitterter Fahrstuhlschacht. »Eitel, das bist du nicht«, spottete ich, den weiß leuchtenden Liftknopf bedienend – unsere Pension »Sette Monti« belegte den vierten Stock.

Wir schoben uns in eine schummrig beleuchtete, mit Sperrholz und Spiegeln verkleidete Fahrstuhlkabine, die laut Messingschild neben der Stockwerksanzeige bis zu vier Personen aufnehmen konnte, was eine dreiste Behauptung war. »Ich gehe lieber zu Fuß«, sagte ich und machte Anstalten, mich in den Hausflur zu retten. »Willst du mir ausweichen?«

kicherte Claire. Sie preßte sich an mich und setzte den Aufzug in Gang, zuppelte einen Hemdknopf auf und einen zweiten und streichelte meine verschwitzte Brust. »Warum lieben wir uns nicht an Ort und Stelle? Es ist ausreichend eng, meinst du nicht? Wir fahren dreißig Minuten im Lift auf und ab und du nimmst mich im Stehen.« Sie hob den Kopf, um mich zu betrachten, halb belustigt, halb lauernd und mit einer Gier, die Claires wachsame Augen verschleierte.

Claires Hand rutschte tiefer zum Gurt, klemmte sich zwischen Hose und Haut, zupfte an meinen Schamhaaren, umspannte mit Fingern und Daumen mein Geschlecht. »Und wer soll den Aufzug inzwischen bedienen?« entgegnete ich mit belegter Stimme.

Im Zimmer befreite sie sich von den Schuhen und hopste aufs Bett. »Das ist ein Bett, das man Paaren ab siebzig vermieten kann«, meinte sie aufgebracht, als es zur Wand knallte und seine Sprungfedern krachten, ließ sich mit Wucht auf das Hinterteil fallen und strampelte mit beiden Beinen. »Na, zusammenbrechen sollte es nicht. Und falls es zusammenbricht, um so besser.«

Um mich umzuziehen, beugte ich mich in den Koffer. »Und diese Dinger verfolgen mich«, sagte sie nach einer Pause und zeigte zur Nachttischkonsole, auf der sich ein Radiowecker mit Ziffernanzeige befand, die in dieser Sekunde von zwanzig Uhr dreizehn auf zwanzig Uhr vierzehn umsprangen. »Was willst du?« erwiderte ich, »er geht falsch.« Auf allen vieren kroch Claire zur Bettkante. »Und du wirst keine richtige

Uhrzeit einstellen, nicht wahr, Jo?«, sie drohte mir mit dem Finger.

Als ich meine Sachen im Wandschrank verstaute, lief sie ins Bad, nahm eine Dusche und tappste, mit einem bordeaux-roten Handtuch umwickelt, ins Zimmer. Im Sonnenschein glitzerten Perlen auf Claires weißer Haut, rannen von Nacken und Schultern ins Handtuch und zwischen den Schenkeln zu Boden. »Mir ist schlecht, Jo, ich sterbe vor Hunger.« Um mich mit der Umgebung vertraut zu machen, hatte ich einen Laden vorm Fenster entriegelt, den ich wieder einholte, als sie sich an mich lehnte. »Ich muß etwas zu mir nehmen«, maulte sie. »Ich bin bereit«, sagte ich, sie umarmend, »ob bei Tag oder Nacht, das spielt keine Rolle.« Sie entwand sich mir mit einem giftigen Zischen, das mich nicht beunruhigen mußte.

Es war bereits dunkel, als wir beschlossen, in unsere Pension heimzukehren. Stundenlang hatten wir Straßen und Gassen erwandert, uns treiben lassen im Trubel aus schreienden Handybesitzern und flitzenden Kellnern, Reisegruppen und Horden an Einkaufsbummlern, pakistanischen Rosenanbietern und johlenden Halbstarken, ballspielenden Kindern und schnatternden Anwohnern, Werkstattradau, Pfiffen, Radiostimmen, Motorengeknatter und gellendem Hupen. Meine Fußsohlen brannten, mein Kopf war halb taub. Gelber Lampenschein spiegelte sich auf dem Pflaster aus blanken Granitsteinen, und zwischen den rotbraunen Hausmauern staute sich knisternde Nachtluft.

Claire wirkte nicht eine Spur ermattet. Lebhaft hakte sie

sich bei mir ein und erfand tausend Spitznamen, um mich auf Trab zu bringen, nannte mich »Bummel- und Faultierjohannes«, »Verteidiger Lahmfuß« und »Rechtsbeistand Schnarch und Schleich«. – »Und du bist ein Wibbbelsterz«, sagte ich. »Und was ist das, ein Wibbbelsterz?« wollte sie wissen und knuffte mich in einen Hofeingang. Sie schlang beide Arme um mich, leckte an meinem Kehlkopf, biß in meine Lippen. Unsere Zungen stießen wild aneinander. Es war ein besinnungslos gieriger Kuß, ja, unser Begehren war hitzig und rasend, als ob uns keine Zeit bliebe, es zu stillen, und trotz der Lust, die mich mit sich riß, diesem besessenen Hunger auf Claires Geschlecht, war ich beinahe erleichtert, als sie mich losließ.

»Findest du nicht?« raunte sie mir ins Ohr, »es ist eine Nacht, um sich zu verlieben.« Sie betrachtete mich mit zu Schlitzen verengten Augen, und als ich mich abwandte, bettelte sie: »Schau mich an, Jo, ich bitte dich, schau mich an. Ich weiß nicht, was passiert, wenn du mich nicht anschaust.« Ich zuckte zusammen, und sie lehnte sich an meinen Hals, als habe sie sich vor der Drohung erschrocken und wolle sich bei mir entschuldigen. Oh ja, sie bemerkte, wie starr ich war, und um mich zu beschwichtigen, streichelte sie mich im Nacken, verwirrte mein Haar, strich es glatt.

Sie ergriff meine Hand, als wir uns von der Hofmauer abstießen und wieder einreihten in dieses Krimmeln und Wimmeln aus schlendernden Paaren, Familienansammlungen, fuchtelnden Pulks sich begegnender Freunde, anpreschenden Vespas, Drehleier- und Saxophonspielern, und wiederholte mit heiterer Stimme: »Findest du nicht? Eine Nacht zum Verlieben.« Ich wollte entgegnen, »ich dachte, du bist verliebt«, benommen von der Drohung, die an mir nagte, und erwiderte lau: »Ja, das stimmt.«

Anzunehmen, sie erriet, was ich sagen wollte – das hatte sie von Beginn an behauptet, sie beherrsche es, meine Gedanken zu lesen, und sie verbergen zu wollen sei aussichtslos, ja, diese Anstrengung solle ich mir ersparen. »Ich will mich heute verlieben, in dich«, sagte Claire und blinzelte mir ins Gesicht. »Heute? Wie meinst du das?« fragte ich ratlos.

»Es wird dir nicht schwerfallen«, antwortete sie mit der freudigen Ungeduld eines Kindes, das seinen Kameraden zum Spielen anstiften will und, um Begeisterung zu wecken, beteuert, es handele sich um ein einfaches Spiel. Ja, sie war Feuer und Flamme, als sie mich zur Ecke beim Campo dei Fiori schob und auf ein zehn Schritte entferntes Lokal zeigte, das niedrige Holzgitter und ein paar Topfpalmen im Freien begrenzten. Auf den runden Metalltischen, die beinahe alle besetzt waren, flakkerten Windlichter. Zwei einsame Tische waren nicht vergeben, einer befand sich beim Eingang, ein anderer im Winkel, den Palmen und Zaungitter bildeten.

»Wir kennen uns nicht«, sagte Claire, »verstehst du? Wir sind uns niemals im Leben begegnet.« Ich war alarmiert, als mir schwante, was sie mit mir vorhatte. »Ist mir neu«, widersprach ich, »es war vor sechs Jahren, als wir uns in einer Juninacht ...« Claire verschloß meinen Mund mit der Hand: »Sei kein Dummkopf, es ist eine Spielregel. Wir sind uns niemals im

Leben begegnet. Du wirst dich an dem einen Tisch niederlassen, und ich mich am anderen, klar? Und du mußt mich im Handstreich erobern.« – »Im Handstreich?« versetzte ich lachend, »und wie soll ich das machen?« – »Ich bitte dich«, sagte sie knurrend, »soll *ich* dir verraten, wie *du* mich erobern sollst? Laß dir etwas Pfiffiges einfallen! Und sei kein Spielverderber!« Sie zog mich am Ohr. »Ich bin halb tot, Claire«, beschwerte ich mich, »ich tauge nicht mehr zum Eroberer«, und streckte vergeblich den Arm aus, um sie bremsen.

Sie eilte bereits auf den runden Metalltisch zu, der im Winkel aus Palmen und Holzgittern stand, blies sich Flusen vom Kleid, legte ein Bein aufs andere und kramte versessen im Beutel. Sie versorgte sich mit einer glitzernden Haarklammer, Lippenstift, Handspiegel und Zigaretten, steckte mit flinken Bewegungen das Haar hoch und schminkte sich, ließ das Feuerzeug aufflammen, brannte den Tabak an und nahm einen tiefen, behaglichen Zug. Sie paffte genießerisch in die Luft und versetzte als erstes den Nachbarn in Aufruhr, einen Mann, Mitte Sechzig, in Anzug und Schlips, der seiner Begleiterin teilnahmslos lauschte, nickte, bejahte, zerfahren und gelangweilt, und seine Augen andauernd zu Claire huschen ließ.

Die winkte dem Kellner, der trotz seines vollen Tabletts eine schwungvolle Drehung vollzog, um diese Bestellung nicht zu verpassen. Mit einem Mal hatte der keine Eile mehr, spielte mit seinem Stift, kratzte sich an der Nase und machte Bemerkungen, die Claire erheiterten. Minutenlang scherzten sie miteinander, und als er sie am Ende mit einem Orangensaft und einer Tasse Espresso bediente, die einem anderen Gast zustanden, befreite sie sich von der Sonnenbrille und blitzte den Kellner verheißungsvoll an.

Claires Auftritt belustigte mich. Innerlich mußte ich feixen, als sie verstohlen einen Armreifen aufklickte, der klingelnd zu Boden fiel und ein paar Meter um Beine und Stuhlbeine rollte. Ein junger Mann sprang auf, um sich den Armreif zu schnappen und wieder zu Claire zu bringen, die sich mit einem Strahlen bedankte, was er als Einladung mißverstand, sich zu setzen. Einspruch erhob sie zwar nicht, nein, sie ließ den beharrlichen Menschen schlicht abblitzen – Aufdringlichkeit konnte Claire nicht ausstehen. Sie schottete sich mit der Sonnenbrille ab, gab Antworten, die ziemlich schnippisch sein mußten – seine wachsende Befangenheit war nicht zu verkennen – und bedeckte den Brustausschnitt mit einem Tuch, das sie aus dem prallvollen Beutel zerrte, hastig, verstimmt, richtig abschreckend mißlaunig, bis er ein Einsehen hatte und wieder am Freundestisch Platz nahm, der schadenfroh johlte.

Ich saß mittlerweile am Tisch beim Lokaleingang und mußte den Kellner, der Claire bedient hatte, an seiner Weste festhalten, um endlich mein Bier zu bekommen, das ich vor zwanzig Minuten bestellt hatte. Er knallte es vor mich, als sei ich ein Plagegeist, den er sich schleunigst vom Hals schaffen wolle, und kassierte mich umgehend ab. Heimlich hob ich mein Glas, um Claire zuzuprosten, was sie mit einem Augenbrauenrunzeln erwiderte, das reichlich unfreundlich war. Wenn ich sie »im Handstreich« erobern wollte, mußte ich mir was Besseres ausdenken!

Ich war ziemlich einfallslos in diesen Dingen, und meine Heiterkeit legte sich bald. Beklommenheit machte sich in mir breit. Und was mich mehr verdroß, meine Verstocktheit oder Claires Verhalten, war schwer zu entscheiden. Es war dieses Spiel, das mein Mißtrauen weckte. Seit Beginn unserer Liebe verfolgte es mich, und ich hatte es niemals besiegt. Ob es das war, was Claire mir beweisen wollte? Sie hatte recht, wenn sie meinte, ich sei zu empfindlich, und mir meinen Mangel an Leichtigkeit vorwarf.

Mißmutig nippte ich an meinem Bierglas. In der Zwischenzeit hatten sie zwei asiatische Rosenanbieter belagert – und mit je einer Rose beschenkt –, ein sich vorm Holzgitter aufbauender Trupp Musikanten, die Akkordeons quetschten, am Kontrabaß zappelten, Gitarren beschrummten und irrsinnig fidelten, und zum Schluß ein balkanisches Liebeslied anstimmten, und ein schmieriger Alter in knallgelber Jacke, der italienische Schmachtfetzen schmetternd um den runden Metalltisch schwarwenzelte. Er beugte sich tiefer und tiefer zu Claire und sollte regelrecht ausfallend werden, als sie schimpfte, er solle sich schleichen.

Ich war zu verdattert, um einzugreifen, und außerdem kam mir der Ober zuvor. Er bugsierte den zeternden Alten zum Ausgang, der sich mit Tritten und Hieben zur Wehr setzte und erst Leine zog, als ein Lokalgast sich einmischte und das raufende Paar voneinander trennte. Mit blutender Nase begab sich der

Kellner zu Claire, um sie zu fragen, ob alles in Ordnung sei – und um sich seinen Dank abzuholen, versteht sich. Hingebungsvoll tupfte er seine Nase ab, ehe er etwas in Claires rechtes Ohr raunte, richtete sich wieder auf und erwartete, auf seinen Beinen wippend, eine Erwiderung. Die fiel anscheinend ausweichend aus, sollte den Mann nicht ermutigen, dreister zu werden, und andererseits nicht verprellen. Ratlos, benommen entfernte er sich mit dem blutigen Taschentuch vor der Nase.

Gegen Mitternacht leerte sich das Lokal. Claire schnitt Grimassen in meine Richtung, machte ein muffiges Leck-Mich-Gesicht, zog eine beleidigte Schnute. Schließlich packte sie den an der Stuhllehne baumelnden Beutel, um an meinen Tisch zu schlendern und sich mit einem spitzen »Hallo« bei mir niederzulassen. »Hast du es vergessen? Ich habe kein Geld bei mir«, sagte sie nach einer Pause, in der ich verlegen mein Bierglas befingerte, »du mußt mich freikaufen bei meinem Schutzengel«, sie zeigte zum Kellner, der auf der Lokalschwelle stehenblieb und seinen Mund aufsperrte, »ein Bursche zum Anbeißen, findest du nicht? Schlagfertig, aufmerksam, gutaussehend – wenn er kein dummes Gesicht macht wie jetzt«, bemerkte sie kichernd und nahm meine Hand. »Und du solltest ein schlechtes Gewissen haben, daß ich den Lockenkopf sausen lasse und mich vor seinen Augen mit dir aus dem Staub mache. Dieser Herr will mich einladen«, rief sie dem Kellner zu, der sich mit einem finsteren Nicken entfernte und von einem Kollegen vertreten ließ.

»Es tut mir leid«, sagte ich, als wir nebeneinander in unserem Pensionsbett lagen. Ich starrte zur Decke, an der gelbe Streifen hingen, in die sich das Blau eines laufenden Fernsehers mischte, lauschte dem fernen Verkehr, auf der Gasse anschwellenden Stimmen, die wieder verebbten, einem quakenden Kind in der Nachbarschaft. Heiß war es im Zimmer und stickig, trotz der sperrangelweit offenen Fenster. »Es tut mir leid«, wiederholte ich, hob meinen Kopf, als sie stumm blieb, sich nicht bewegte, und schmiegte das Kinn in die Hand, um sie anzuschauen. Halb hatte sie sich vom Laken befreit, das sich um Zehen und Knie spannte und in einen verwickelten Zipfel auslief, den sie in der Faust auf dem Bauch hielt. Claires schimmernde Nacktheit erregte mich, dieser weißliche Glanz auf den Schienbeinen, Schenkeln und Schultern, der sich hebenden, senkenden Brust. Ich streckte den Arm aus und zuckte zusammen, als sie »Halt!« fauchte, »faß mich nicht an. Erst will ich wissen, warum es dir leid tut.«

»Es tut mir leid, meinen Einsatz verpatzt zu haben.« – »Ja, das hast du«, erwiderte Claire. »Und ziemlich verbiestert gewesen zu sein.« – »Mehr als ziemlich. Du warst richtig bockig!« – »Als Eroberer bin ich ein Reinfall.« – »Und ob! Ein Totalausfall«, kicherte sie. – »Und das war dir bekannt!« – »Ja, das war mir bekannt«, sagte Claire, »und außerdem ist es mir lieber, ich wollte ja niemals mit einem Eroberer zusammensein. Ich dachte halt, bei deiner Freundin machst du eine Ausnahme.« – »Du stehst mit der Logik auf Kriegsfuß«, entgegnete ich, »deine Spielregel lautete, wir sind uns niemals begegnet. Du warst nicht meine Freundin, du warst eine fremde Frau, und bei fremden Frauen komme ich leider ins Trudeln.« Claire rollte sich auf den Bauch. »Ja, Herr Verteidiger«, frotzelte sie und zuppelte an meinen Achselhaaren, »logisch kann man dem nicht widersprechen.«

Mit einem Ruck kam sie hoch. »Ich bin deine Freundin, nicht wahr? Du bist mit meinen Vorlieben, Schrullen und Ticks vertraut, richtig? Du kennst meine Impfpocken aus dem Effeff, meine zwei Knienarben und meine Leberflecke.« – »Es sind zweiundzwanzig«, versetzte ich heiser, als sie sich breitbeinig neben mich setzte und vor meinen Augen zu streicheln begann. »Und du hast meinen Schoß besucht«, sagte sie, »du hast meinen Schoß besucht, mit deinen Fingern und Lippen, und weißt, wie er schmeckt, oder nicht?« – »Ja, das weiß ich«, erwiderte ich und leckte begierig an Claires nassen Fingerspitzen, die sie aus dem Schoß nahm und auf meinen Mund legte. »Ist das mein Geschmack?« fragte sie, und ich nickte. »Und du bist tausendmal in mir gewesen, nicht wahr?« Claire schubste das Laken beiseite und holte mein pralles Geschlecht aus dem Schlafanzug. »Du weißt, wer ich bin, oder nicht?« Sie beugte sich vor, um es fest in den Mund zu nehmen. »Nein, ich weiß es nicht«, sagte ich schluckend, »ich weiß es nicht«, ohne mir sicher zu sein, ob ich aussprach, was sie nicht mehr aussprechen wollte.

In den Monaten, als wir uns kennenlernten, lebte ich dauernd in Angst und Schrecken, mit meiner Anwaltskanzlei zu scheitern und einer von diesen Juristen zu werden, die sich am Ende ein Taxi anschaffen oder im Supermarkt Ware einstellen.

Im April, ein paar Monate nach Vaters Tod, zerstritt ich mich mit meinem Partner, einem Bekannten aus Studienzeiten, der mich nach bestandenem Staatsexamen beschwatzt hatte, wir sollten uns beide zusammentun, er zahle aus seiner Privatschatulle Miete, Betriebskosten, Heizung und Strom, bis unsere Kanzlei auf die Beine gekommen sei. Es fiel mir schwer, dieses Angebot abzulehnen. Ich mußte in meinem Beruf eine Stelle finden, und was konnte bestechender sein, als sich in ein Nest fallen zu lassen, das mein Partner mit Geld und Beziehungen polsterte. Er stammte aus einer betuchten Berliner Familie, die Einfluß besaß – sein Vater war stinkreicher Bauunternehmer, sein Onkel ein hohes Tier im Senat, und ein anderer, entfernter Verwandter war Richter am Oberverwaltungsgericht.

Ich sagte ja, meinen Zweifeln zum Trotz. Mein Bekannter war erstens chaotisch und zweitens ein Mensch, der an kindischer Geltungssucht litt. Er mietete uns eine klotzige Zimmerflucht in einem Jugenstileckhaus an, das zwei Schritte vom Ku-Damm entfernt war. Mit Marmor im Hausflur, Parkettboden, Stuckdecken und Mobiliar, das vom Feinsten war, sollten unsere Mandanten beeindruckt werden. Die ließ er sich von seinem Vater ins Haus schicken, der uns als »erste Adresse« empfahl, und zweifelte nicht mehr an unserem Erfolg.

Als Anwalt war er eine Niete. Lustlos, zerfahren und schlampig bereitete er sich auf seine Prozesse vor und war beleidigt, wenn er sie verlor. Seinen Papierkram ließ er sich von einer der Vorzimmertippsen erledigen, mit der er im Handumdrehen anbandeln sollte. Sie zu kontrollieren, fiel meinem Bekannten nicht ein. Lieber eilte er zu einem Rathausempfang, bewarb unsere Anwaltskanzlei auf dem Tennisplatz oder in einem Segelclub an der Havel. Seine Freundin erwies sich als absolut unbegabt, Ordnung in seinen Papieren zu halten, vergaß es schlicht, Mahnschreiben aufzusetzen, schickte Briefe ab, die voller Fehler waren, verbaselte Ordner und Akten. Den entstandenen Schaden erkannte er erst, als er sich eine andere Freundin zulegte und seine Vorzimmerflamme entließ, um »keine Heulsuse um sich zu haben«.

Mich deckte er mit den Prozessen ein, die anstrengend und aufwendig waren. Falls wir sie gewannen, war es sein Erfolg, wenn ich einen Fehler beging oder Pech hatte mit einem Richter, der in meiner Sache entschied, war er sauer und blaffte mich an. Von den Verfahren, die in unserer Kanzlei anfielen, schob er mir anfangs zwei Drittel zu – zum Schluß waren es achtzig Prozent.

Im Januar starb mein Vater, als er einen Unfall im Heimwerkerkeller erlitt. Er war alleine zu Hause gewesen, meine Mutter befand sich auf Kur oder bei der im Westerwald wohnenden Halbschwester. Er schleppte sich zwar aus dem Keller ins Erdgeschoß, schaffte es allerdings nicht mehr zum Telefon, um einen Notarzt zu rufen, und verblutete auf unserem Wohnzimmerteppich, den Mutter erst frisch hatte reinigen lassen, was sie niemals vergaß, mit Erbitterung einzuflechten, wenn sie von seinem dummen und dussligen Ende sprach.

Entschlossen verscherbelte Mutter das Haus, das sie zusammen bewohnt hatten, um seinen grausamen Tod zu vergessen – oder eher das mit Vater verbrachte Leben –, und zog bei der alleinstehenden Westerwaldschwester ein. Diese Entschiedenheit war erstaunlich. Es war ja auf Mutters Betreiben geschehen, daß Vater sich kurz vor der Pensionierung und nach meinem bestandenen Staatsexamen zum Kauf eines Hauses entschlossen hatte. Bereits in meiner Kindheit war Mutter besessen gewesen von dieser Idee, und kein Tag war vergangen ohne Sticheleien, die sich zu Beschimpfungen steigerten und im handfesten Wochenendkrach zur Entladung kamen: Vom Umgang mit Geld habe er keinen blassen Dunst, er sei ein Versager! Seine Ersparnisse reichten nicht aus, um sich eine Familienbutze am Stadtrand zu leisten, und einen Kredit bei der Bank aufzunehmen, das lehnte er halsstarrig ab – mit Schulden zu leben war Vater ein Graus.

Schwer zu sagen, warum er sich zum Schluß eines Besseren besann. Mag sein, Mutters ewige Schimpfereien hatten mit ameisenhafter Beharrlichkeit im Laufe der Zeit seinen Trotz zerfressen, bis er in sich zusammenbrechen mußte. Oder es war dieser Heimwerkerkeller, auf den er im Alter zunehmend versessen war und den er im Mietshaus nicht einrichten konnte.

Die aus dem Hausverkauf stammende Summe wollte Mutter zum Großteil an mich abtreten, was sie allerdings mit der Forderung verband, ich solle mir »einen Namen machen« und mit dem Geld meine eigene Kanzlei aufziehen. Der bei der Belagerung Breslaus ums Leben gekommene Großvater sollte mein Vorbild sein, der ein erfolgreicher Kaufmann gewesen war und sich in seiner Stadt hohes Ansehen erworben hatte.

Ich ging auf Mutters Bedingung bestimmt nicht ein, um kleinliche Rache an Vater zu nehmen, der mich beschworen hatte, eine Beamtenlaufbahn einzuschlagen und Richter zu werden, um »auf der sicheren Seite« zu sein. Nein, ich mußte mich von meinem Partner trennen, und das mir von Mutter in Aussicht gestellte Geld erleichterte meine Entscheidung zum Absprung. Als er eine Klientin, bei der es sich um eine namhafte Fernsehschauspielerin handelte – er verdankte sie seinem Papa, versteht sich – zu einer Klage ermunterte, die seine Kanzlei in die Schlagzeilen bringen sollte, und ich es rundheraus ablehnte, mir dieses Verfahren aufhalsen zu lassen, das wir am Ende verlieren mußten, begann er zu toben und drohte mir meine Entlassung an. Seelenruhig packte ich meine Sachen zusammen, nahm Schirm und Mantel und lief aus dem Haus. »Das wirst du bereuen, du Vollidiot«, rief er mir nach.

Mit diesem Fluch sprach er mir aus dem Herzen, als ich in Moabit eine Wohnung anmietete, graue, verfleckte Tapeten abriß, Pulver und Wasser zu Gips vermengte, Kacheln verfugte und Leitungen legte, den Parkettboden wieder auf Hochglanz brachte, Zimmer, Toilette und Korridor weiß strich und mein Kanzleischild ans Vorderhaus schraubte. Es verstrichen vier Wochen, bis mein Telefon funktionierte – auf dem Amt hatte man meinen Antrag verschlampt –, und als es klingelte, war meine Mutter am Apparat, die mich nach meinen Erfolgen befragte.

Klienten verirrten sich keine zu mir, und wenn, waren es ausschließlich Hungerleider, Emigranten aus dem Senegal und aus Tunesien, die Frauen und Kinder ins Land holen wollten oder sich bei der Schwarzarbeit hatten erwischen lassen. Bisweilen besuchten mich alte Schachteln, die mit einem Nachbarn auf Kriegsfuß standen und den kleinlichen Streit zur Prozeßsache machen wollten, um regelrecht patzig zu werden, wenn ich eine außergerichtliche Einigung vorschlug, und andere, die schlicht einen Dachschaden hatten und mir meine Ohren mit Verfolgungsgeschichten vollquatschten, die russische Mafia bedrohe sie oder der Hausmeister mische dem Hahnwasser Giftstoffe bei, um sie schrittweise kaltzumachen.

Mit der Handvoll Verfahren, die ich mir an Land ziehen sollte, ließen sich meine Ausgaben nicht bestreiten, und mittlerweile war Winter. Tage und Tage verhockte ich in meiner Anwaltskanzlei ohne einen Mandanten, lauschte dem glukkernden Wasserrohr, Schritten im Schnee oder Treppenhausstimmen. Ich ließ mich aufs Sofa im Vorzimmer fallen, las dicke Romane, je dicker, je besser, und nickte ein.

In einer Winternacht, als ich im Finstern erwachte, mit bohrendem Hunger und schmerzenden Knien, meine Schuhe zuband, das Jackett von der Stuhllehne zerrte, um mich auf den Heimweg zu machen, bemerkte ich eine Bewegung im Hinterhof. Mein stechendes Knie reibend, trat ich ans Fenster. Ich beobachtete eine junge Frau, die sich in eine der Tonnen beugte, als ob sie im stinkenden Hausabfall etwas Verwertbares oder Besonderes entdeckt habe, und einen rundlichen Gegenstand an sich nahm, den sie in ein Taschentuch wickelte, gleichzeitig flink und behutsam. Was dieser Gegenstand war, ließ sich nicht erraten, es herrschte Dunkelheit zwischen den Mauern. Im Hinterhof, jeweils beim Treppenhauseingang, brannten vier schummrige Lampen, und was aus den Seiten- und Hinterhauswohnungen an Beleuchtung ins Hofviereck sickerte, verschluckten zwei hohe Kastanien. Sie schaute sich aufmerksam um, als wolle sie sich vergewissern, alleine zu sein und keine Zeugen zu haben, schob den Gegenstand zwischen Pullover und Jacke und eilte zum hinteren Treppenhauseingang, mit wippendem Pferdeschwanz, schlenkernd und springend. Ja, sie bewegte sich auffallend kindlich und mit einer Leichtigkeit, die mich erheiterte, war knabenhaft-schmal, mochte mir bis zum Kinn reichen, hatte schwarzes, im Lampenschein schimmerndes Haar, vom Gesicht konnte ich nichts erkennen. Ich tippte auf eine Studentin im ersten, im zweiten Semester, die aus der Provinz kam und in dieser Riesenstadt fremd war, ein versponnenes, vereinsamtes Wesen, das Schutz brauchte.

Am anderen Tag, als ich meine Kanzlei betrat, sollte mich eine kitzelnde Spannung befallen. Es war lausig kalt in der Erdgeschoßwohnung, die ich, um Kosten zu sparen, bei Nacht niemals heizte, und das auf den Hinterhof gehende Fenster war mit einer Eisschicht beschlagen. Von einem Fuß auf den anderen tretend, kritzelte ich meinen Namen aufs Fensterglas, bemalte es mit einem Halbmond und Sternen, Schlitten und Tannen, ich weiß nicht mehr was, und war wieder das Kind, das bei naßkaltem Wetter im Haus bleiben mußte und sich seine Wartezeit mit dem Bemalen beschlagener Scheiben vertrieb.

In den kommenden Tagen und Wochen, wenn in meiner

Kanzlei tote Hose war – und das war schließlich meistens der Fall –, stand ich am Fenster und starrte ins Hofviereck, das mit seiner verrosteten Teppichstange, Brandmauer, Abfalltonnen und kahlen Kastanien einen tristen bis trostlosen Anblick bot. Ich vergaß meine dicken Romane und Biografien, den englischen Sprachkurs, den ich mir besorgt hatte, um meine Kenntnisse aufzupolieren, studierte das Klingelbrett – eher mechanisch – und unsere Briefkastenreihe im Treppenhaus. Aus der verwirrenden Anzahl von Namen auf Schildern, Papierchen und Klebebandstreifen, teils zerkratzt, nicht mehr leserlich, konnte ich nicht schlau werden. Detektivische Absichten hatte ich nicht, sobald ich mich wieder ans Hoffenster stellte und zu den beleuchteten Hinterhauswohnungen hochschaute. Es kam mir zu kindisch und albern vor, meine Kanzleinachbarn zu belauern, um in Erfahrung zu bringen, wo sie wohnte.

Ich mußte mich endlich zusammenreißen und mir etwas einfallen lassen, um meiner Kanzlei einen Schub zu verleihen. Ich ließ einen Handzettel drucken, den drei Marokkaner im Viertel verteilten, um mein Honorar auszugleichen, das sie nicht bezahlen konnten. Aus Dankbarkeit warfen sie sich ins Zeug, und ich fand keine Hausmauer in Moabit, die nicht mit meiner knallroten Werbung beklebt war. Außerdem schickte ich allen Mandanten, die ich bei meinem Partner erfolgreich verteidigt und im privaten Adressbuch verzeichnet hatte, einen Brief mit dem Hinweis auf meine Kanzlei.

Dieser Eifer verschaffte mir drei Prozesse, die sich als lohnend erweisen sollten, und das war besser als nichts. Im April stellte ich eine Halbtagskraft ein, eine patente Person, Ende Vierzig, die meinen Schriftverkehr schwungvoll erledigte, mir nicht erbetene Mandanten vom Hals schaffte, rauhbeinig und witzig war und mich bemutterte. Die im Hinterhaus wohnende junge Frau, der ich im Laufe der Monate niemals begegnete, verblasste in meiner Erinnerung.

Erst Ende Juni traf ich sie aus Zufall vorm Haustor an, das sie nicht aufschließen konnte. Es war ein gewittriger Tag gewesen, der mir Erleichterung verschafft hatte. Ich schniefte und nieste in dieser Zeit, rieb meine verquollenen Augen und hielt es nicht aus in der juckenden Haut, die ich mir am liebsten vom Leib reißen wollte. Ich nahm Medikamente ein, die nichts bewirkten, und verkroch mich zu Hause im Bett, wenn ich konnte, mit einem Eisbeutel auf der Stirn. Heute hatte sich endlich ein Sturzsee vom Himmel ergossen, und das ermutigte mich, in meiner Kanzlei nach dem Rechten zu sehen, die ich seit vorgestern nicht mehr betreten hatte.

Als ich mit Vaters betagtem Kadett gegen elf in der Emdener Straße einlief, erkannte ich sie auf der Stelle. Das war meine Wintererscheinung vom Hinterhof!, die sich mit dem klemmenden Torschloß abplagte, drehte und stocherte und nicht ins Haus kam. »Ich probiere es seit einer halben Stunde«, sagte sie, als ich mich neben sie stellte, »und dieses Ding will sich keinen Millimeter bewegen.« Sie sagte das nicht etwa mißmutig, eher erheitert, als liebe sie diese Streiche, die einem das Leben spielt.

Meine Vorstellung einer vereinsamten, scheuen Studentin

fiel in sich zusammen. Sie war eher Mitte als Anfang Zwanzig und zeigte nicht eine Spur von Befangenheit. Ja, sie betrachtete mich ziemlich keck, als sei ich verpflichtet, mich mannhaft ins Zeug zu werfen und sie ins Haus zu bringen. Zweifellos war das ein Spiel. Sie spielte mit meiner Verlegenheit, die sie bemerkt hatte, und verkniff es sich, offen belustigt zu sein, was mich unruhiger machte, als ich bereits war.

Um meiner Verlegenheit Herr zu werden, schob ich sie behutsam beiseite und machte mich eifrig am Torschloß zu schaffen. Bei der ersten Umdrehung, die keine Probleme bereitete, meinte ich, nah am Erfolg zu sein, und meldete: »Simsalabim«, zu voreilig, wie ich mir eingestehen mußte, als das Aufsperren an einem Widerstand scheiterte, der sich von Kraftaufwand oder geduldigem Ruckeln nicht im geringsten beeindrucken ließ. Anzunehmen, ich wirkte hochkomisch in meinem von Hilflosigkeit und Nichtwahrhabenwollen begleiteten Groll auf das bockige Schloß. Meine Nachbarin konnte sich nicht mehr beherrschen und hielt sich vor Lachen den Bauch.

Dieses klangvolle, zwanglose Lachen war ansteckend, und mit einem Tritt vor das Tor gab ich auf. »Nichts zu machen«, bekannte ich, »soll ich bei jemandem klingeln? Von innen geht es besser«, und war erleichtert, als sie mit dem Kopf verneinte. Es war mir ja lieber, wenn sie nicht ins Haus kam und bei mir blieb. »Ich kenne niemanden, den ich um diese Zeit wecken kann. Es ist beinahe Mitternacht, oder?« Mit bejahendem Nikken betrachtete ich meine Uhr, die erst zwanzig nach elf zeigte. »Wollen wir uns nicht setzen?«, sie zeigte zum Bordstein. »Zugegeben, es ist etwas schmutzig. Mir macht das nichts aus, und Sie haben ja Freizeitklamotten an und nicht diesen scheußlichen Anzug wie sonst alle Tage.« Sie streckte den Arm aus: »Ich heiße Claire, und Sie sind unser Anwalt, nicht wahr?« Vor Erstaunen vergaß ich, mich vorzustellen, stammelte nichts als ein kraftloses »Ja«, was sie wiederum auflachen ließ. »Und einen Namen haben Sie nicht?« – »Entschuldigung«, versetzte ich hustend, »Johannes.« – »Macht nichts«, gluckste sie, »wußte ich ja.«

Wir ließen uns nebeneinander am Bordsteinrand nieder. »Haben Sie mich beobachtet?« wollte ich wissen und musterte Claire, die den Pferdeschwanz straffer band. Sie blies beide Backen auf. »Das ist keine bescheidene Annahme, oder?« Das stimmte, bescheiden klang meine Vermutung nicht, und ich suchte nach Worten, um mich zu verbessern. »Lassen Sie«, unterbrach sie mich, »sagen wir einfach, ich errate Berufe an Nasenspitzen. Und ich wette, Sie schaffen das nicht. Sie glauben bestimmt, ich studiere, nicht wahr?«

Das war wieder ein Schlag, den ich erst zu verdauen hatte. »Aus der Ferne und bei dieser schlechten Beleuchtung im Hinterhof nahm ich das an«, gab ich zu. »Sie haben sich verraten, Johannes«, bemerkte sie kichernd, »wer von uns beiden hat wen beluchst? Leugnen ist absolut sinnlos.« Ja, das war es, und ich mußte grinsen. »Ich habe Sie einmal beobachtet«, sagte ich, »als Sie im Abfall gekramt haben. Eine andere Gelegenheit haben Sie mir leider verweigert.« – »Ich war im Ausland«, erwiderte Claire, sprang auf die Beine und zog mich vom

Bordstein hoch, »nichts ist mir lieber, als zu verreisen. Dauernd auf einem Fleck hocken kann ich nicht ausstehen. Und wir sollten eine Spazierfahrt machen. Zur Havel, zum Wannsee, was meinen Sie? Ist das nicht eine Nacht, die man sich um die Ohren schlagen sollte?«

Und wir schlugen sie uns um die Ohren! Bis zum Morgengrauen hielten wir uns an der Havel auf, die schwarz und behaglich ans Ufer schwappte, ließen uns ab und zu in einer Bucht nieder, wo sie sich flink von den Schuhen befreite, um mit den Zehen im klebrigen Sand zu graben, und lauschten dem Wind, der in Schilfgras und Laub spielte. Irgendwann hatte sie Lust, eine Runde zu schwimmen, und verlangte von mir, meine Augen zu schließen. »Schummeln ist strengstens verboten. Erst wenn ich Bescheid sage, darfst du sie aufmachen. Ob es du glaubst oder nicht, ich bin ziemlich altmodisch in diesen Dingen.« Ich nickte und schummelte nicht, als sie sich neben mir auszog und schnatternd ins Wasser lief. Erst gegen halb sechs saßen wir im Kadett meines Vaters und klapperten heim, wo uns ein zur Arbeit aufbrechender Mieter ins Haus ließ. Vor der Treppe zur Anwaltskanzlei hauchte mir Claire einen Kuß auf die Wange. »Psst«, machte sie und verschloß meinen Mund mit den Fingern, als ich mich bedanken wollte – und entfernte sich schlenkernd und springend zum Hof.

Zur Mittagszeit brachte der Postbote ein Telegramm, das meine Halbtagskraft, die sich bereits vor Minuten bei mir verabschiedet hatte, mit einem Stirnrunzeln auf meinen Tisch legte. »Und Sie brauchen wirklich nichts?« wollte sie wissen, »ich kann ein paar Schrippen mit Fleischwurst und Schinken belegen.« Als sie mich am Vormittag gegen halb zehn auf dem Vorzimmersofa entdeckt hatte, schnarchend, mit stoppligem, grauem Gesicht, hatte sie sich erschrocken – und war beleidigt, als ich nicht verriet, was passiert war. Sie machte sich anscheinend Sorgen und wollte dringend erfahren, was im Telegramm stand, das sie instinktiv mit der Nacht in Verbindung brachte.

Sie besaß eine wesentlich bessere Witterung als ich, wie ich mir eingestehen mußte, als ich das Blatt aus dem Briefumschlag nahm und als erstes den Absender las. »Nein, ich brauche nichts«, sagte ich schroff, schroffer, als ich beabsichtigt hatte, und hielt sie beschwichtigend fest, als sie grollend aus dem Zimmer rennen wollte. »Ich werde heiraten«, scherzte ich, »das ist nichts Besorgniserregendes, oder?« – »Um Gottes willen«, machte sie, »heiraten?« Meine Scherze verfingen nicht richtig, nicht bei meiner Halbtagskraft.

Um zwei suchte mich ein Klient auf – ein Ex-Jugoslawe, dem eine Lokalschließung drohte – und ich starrte dauernd zu Claires Telegramm, das aus einem Leitzordner lugte, in dem ich es, als er ins Zimmer trat, hastig versteckt hatte. Als ich endlich allein war, versuchte ich Claire zu erreichen, und scheiterte dreieinhalb Stunden am Anrufbeantworter, bis ich sie erwischte. »Warum bedankst du dich?« meinte sie heiter, »ich wollte bloß wissen, wie lange es dauert, wenn man aus dem Hinter- ins Vorderhaus telegrafiert.« – »Sieben Stunden«, versetzte ich trocken, um sie meine kleine Verstimmung nicht merken zu lassen.

Ich stand mit dem Telefon vor meinem Hoffenster und starrte zur grauen Fassade des Querhauses. »Wollen wir uns nicht zuwinken?« fragte ich, als sie stumm blieb, »sobald du ans Fenster kommst, kannst du mich sehen.« – »Kann ich nicht«, lachte Claire, »ich wohne im Dachgeschoß.« Ich war platt, ja, vergaß vor Erstaunen meine Aufregung. »Du wohnst im Dachgeschoß?« stammelte ich, »von einem Dachgeschoß wußte ich nichts.« – »Oh ja, es ist riesig«, erwiderte sie, »ich sollte mir Rollschuhe zulegen, weißt du?« Von wegen Studentin im ersten Semester, die eine bescheidene Hinterhausbutze bezogen hat – mit meinen Wintervermutungen konnte ich einpacken! »Wollen wir nicht zusammen eine Kleinigkeit essen?« fragte ich schluckend, als ich mich erholt hatte, »einer meiner Klienten besitzt eine Gastwirtschaft und will mich dringend bekochen.« – »In drei Wochen«, erwiderte Claire, die auf einmal in Eile war, »ich muß auflegen, um meinen Flieger zu kriegen.« – »Du verreist?« – »Ja, um Mitternacht bin ich London. Und zieh keinen Schmollmund – ich wette, du ziehst einen Schmollmund – und freu dich lieber mit mir.« Ich lauschte dem summenden Freizeichen, trat an den Schreibtisch und beugte mich zum Telegramm, das vor meinem Computerschirm klebte – faltete es ohne Eile zusammen und schnickte es in den Papierkorb.

Zwanzig Londoner Postkarten trafen bei mir in den kommenden Tagen und Wochen ein, Ansichten von Piccadilly Circus, aus der National Gallery und vom Big Ben, mit Fish-and-Chips-Schildern, englischen Rosen, Speakers Corner und Lady Diana. Sie schilderte mir eine Wahrsagersitzung bei einer Neapoletanerin, von der sie, in grauenhaftem Englisch, erfahren habe, sich bald zu verheiraten und sieben Kinder zu kriegen, oder richtete stichelnde Bitten an meine Adresse, sie in der Zwischenzeit nicht zu vergessen und, sei es, um mir meine Zeit zu vertreiben, sei es, um »grausame Rache« zu nehmen, mich mit einer anderen Frau einzulassen. Claires Telegramm, das ich rechtzeitig vor der Papiertonne rettete, steckte ich ins BGB – das seine Knicke und Falten begradigte – und den Stapel mit Postkarten legte ich griffbereit in eine verschließbare Schreibtischschublade.

An dem Tag, als sie meiner Berechnung zufolge aus Heathrow in Tegel eintreffen mußte, blieb ich bis um zehn in der Anwaltskanzlei – sollte sie mit der letzten Maschine landen, konnte sie gegen neun in der Emdener Straße sein – um es nicht zu verpassen, falls sie bei mir anrief. Ich starrte zum Telefon, das sich nicht muckste. Schließlich gab ich es auf, nahm den Mantel vom Haken – es war ein windiger, naßkalter Julitag – und war bereits halb auf der Treppe, als mich das Signal aus dem Zimmer zusammenfahren ließ. Ich sperrte mit zittrigen Fingern das Schloß auf, riß mir im Laufen den Mantel vom Leib und kam keuchend beim Telefon an. »Ja«, sagte ich atemlos, »Claire?«, und lauschte.

Was ich in den folgenden Wochen erlebte, das hatte ich niemals erlebt. Ein Strudel aus Lust und Begehren riß mich mit sich, der heiter und schwerelos war, nichts Bedrohliches oder Beklemmendes an sich hatte. Dieses Verlangen, das uns zueinandertrieb, war maßlos, verwirrend und schwindelerregend – nie hatte es etwas vom grimmigen Ernst einer Hingabe, der an Verzweiflung grenzt. Es befreite mich von meiner Niedergeschlagenheit, einer Dumpfheit und Enge, die mir erst bewußt werden sollten, als sie von mir abfielen. Ja, von Claires Sinnlichkeit ging etwas kindlich Verspieltes aus, das mich mit seiner Wachheit und Munterkeit ansteckte.

Bis Ende September verging kein Tag, an dem sie sich nicht etwas einfallen ließ, um mich ins Dachgeschoß hochzulocken. Aus meinem Postkasten purzelten Briefe, die umkringelte Zeitungsanzeigen enthielten: »Meine Pussi ist feucht, wann besuchst du mich?« oder »Laß mich deine Sexsklavin sein!«, Kopien von Schlagern: »Komm in meinen Wigwam«, »Ich bin eine Naschkatze, Rudi!«, vom Hohelied oder Bretons »Freier Liebe«, pornographischen Fresken und Ritzzeichnungen aus der griechisch-etruskischen Zeit. Sie nahm mit einem Spiegel Kontakt zu mir auf, den sie an einer Kordel vom Dachgeschoß abseilte und der blinkend im sonnigen Hofviereck baumelte, bis ich es nicht mehr am Schreibtisch aushielt. Oder veranstaltete eine Schnitzeljagd, bei der ich um mehrere Hausecken rennen, einen Kebap verspeisen, zwei Biere einpfeifen, auf dem Kinderspielplatz zwanzig Kniebeugen machen mußte, bis ich endlich vorm Bett in der Dachwohnung ankam, wo sie mir mit kichernder Gier aus den Kleidern half.

Es konnte vorkommen, und sie spazierte am Mittag, sobald ich allein war, in meine Kanzlei. »Sag nichts«, bat sie und kniete sich vor meinen Drehsessel, »ich will dir etwas Gutes tun, etwas, das besser ist als deine Schrippen mit Fleischwurst und Schinken. Hast du einen Termin?« Ich bejahte mit einem Nicken. »Bald?« Wieder nickte ich. »Um so besser, wenn ich dich vorher ein bißchen zerstreuen kann.« Sie zog mich aus dem Sessel zum Vorzimmersofa, wo sie sich breitbeinig vorbeugte, raffte hastig das sonnengelbe Kleid vor dem Bauch zusammen – einen Slip hatte sie nicht an – nahm meine Finger und schob sie ins nasse Geschlecht, das zwischen den buschigen Schamhaaren aufklaffte.

Sie war ruhelos, sprunghaft und haßte Gewohnheiten. Bald langweilten sie mein Kanzleisofa oder das Bett in der Dachgeschoßwohnung. Sie wollte ins Freie und sich bewegen. Wir liefen um einsame Seen im Umland Berlins, die am Mittag aus Quecksilber waren, aus Messing, stahlblau oder kohlrabenschwarz sein konnten, blinde Augen, die reglos den Himmel betrachteten, schwammen und faßten uns heimlich im Wasser an, bis wir zu erhitzt und erregt waren, um unsere Lust erst zu Hause zu stillen. Meistens war sie es, die eine von Schilfgras verborgene Stelle am Ufer entdeckte, wo wir einen schimpfenden Sumpfvogel aufscheuchten oder sich in paddelnder Eile entfernende Enten, unser Badezeug abstreiften und miteinander schliefen, nicht ohne gelegentlich innezuhalten, schreckhaft, benommen und fiebrig. »Falls du es vergessen hast«, meinte sie schnippisch, »in Wirklichkeit bin ich ein schamhafter Mensch.« Ich wischte mir blinzelnd den Sand von der Stirn.

»Oh, das muß mir entgangen sein«, erwiderte ich. – »Mistkerl!« polterte Claire und spuckte ins Wasser. »Meine Nacktheit, du Frechling, ist ein Geheimnis. Und wenn du es kennenlernen durftest ...«, sie unterbrach sich, stieg flink in den Badeanzug, »verdankst du das nicht deiner Angeberei!«

Nichts kam mir sinnloser vor, als mit Claire zu streiten. Ja, dieser Anflug von Zank reichte aus, um mich in Unruhe zu versetzen. »Tut mir leid«, sagte ich, »das war dumm von mir.« Sie wehrte mich halbherzig ab, als ich sie in den Arm nahm, und lehnte sich schließlich an meine Schulter. »Du kommst dir vor wie die Made im Speck, nicht wahr?« knurrte sie, wesentlich freundlicher, »und hast nicht verstanden, was zwischen uns los ist. Weißt du, was mir Sorgen macht?« Ich verneinte. »Mit keinem anderen mehr schlafen zu wollen als dir!« Blitzschnell sprang sie ins Wasser und sputete sich, um Minuten vor mir beim Kadett zu sein – sie war eine blendende Schwimmerin –, wo sie auf dem Beifahrersitz einem Bachschen Konzert lauschte, das aus dem Radio schepperte, als ich eintraf und neben sie plumpste.

Zwar ließen mich diese Bemerkungen aufhorchen – die in unserer Anfangszeit Ausnahmen blieben –, trotzdem verlangte ich nicht zu wissen, warum sie es besorgniserregend fand, mit keinem anderen als mir mehr ins Bett gehen zu wollen. War ich zu kopflos, zu feige?, ich kann es nicht sagen. Ich vergaß, was an Claires Bemerkungen bedrohlich klang, und behielt in Erinnerung, was meine Person oder unser Zusammensein bejahte.

Wir wanderten in der Mark Brandenburg mit Bierflaschen,

Koteletts und Gurken im Rucksack, Bananen und Birnen, Schokolade und Sandkuchen – sie war andauernd sterbenshungrig –, picknickten auf summenden Wiesen und Hochsitzen, und als ich auf einen Ring beißen sollte, den sie zu Hause im Kuchen versteckt hatte, kicherte Claire: »Du hast einen Wunsch frei. Und nichts sagen. Ich darf nicht erfahren, was es ist!« Ich war zu verwirrt, um im stillen einen Wunsch auszusprechen, zu verwirrt, weil ich mich nicht entscheiden konnte, was mir wichtiger war, ein Erfolg meiner Anwaltskanzlei oder Claire nicht zu verlieren – zum Schweigen verdonnert zu sein, fand ich um so erleichternder. Nachts schleppte sie mich in ein Kino ab, wo wir uns in die hinterste Reihe stahlen und zwischen den Schenkeln zu streicheln begannen, bummelten nach gewittrigen Schauern am Spreeufer oder spazierten im Tiergarten – sie liebte sein blauschwarzes Dunkel, den Duft von Ozon, feuchter Erde und modrigem Laub – und mit dieser halb heiseren, halb singenden Stimme sprach sie mich in einer anderen Sprache an, raunend und liebevoll, girrend und keck, und ergriff meine Hand, um mit mir eine Strecke zu rennen. Zu rennen und zu springen, das war eine Leidenschaft Claires, und mir war nie klar, ob aus reinem Bewegungstrieb, der sich mit kindlicher Freude verband, oder ob sie in Wirklichkeit vor etwas weglaufen wollte.

In Claires Gegenwart kam ich mir meistens zu ernst und erwachsen vor. Was sie im Innern beherrschte, verstand ich nicht, es waren zu verschlungene und knifflige Regungen. Und sie war von einer Klugheit, vor der ich verstummte. Wenn sie nie

angab mit dem, was sie wußte – und es nicht gegen mich aus-
spielte –, hatte das nichts mit Bescheidenheit zu tun. Sie ging
mit dem Wissen zu zwanglos und spielerisch um, um belehrend zu wirken – sich belehrend zu benehmen war Claire vollkommen fremd. Zwar verspottete sie meine Ernsthaftigkeit,
andererseits zog sie sie an. Mit Vorliebe nannte sie mich einen
»sachlichen Menschen«, und diese »Sachlichkeit«, die mir als
Plumpheit vorkam, konnte Claire in Begeisterung versetzen.

Juli, August und September vergingen im Fluge. Vor schweren Gewittern verkrochen wir uns im Kadett, wo wir unsere
klatschnassen Sachen abwarfen und uns in Wolldecken wickel-
ten. Zweige peitschten ans Fenster, es donnerte, und sie setzte
sich auf meinen Schoß. Blitze beleuchteten Claires volle Brust,
die sie mit den Fingern umfaßte und in meinen Mund melkte.
Erschauernd, verschwitzt lehnte sie sich an mich. Unsere Bewegungen hatten nichts Hastiges an sich, nichts Verzweifeltes,
Blindes, es war eher ein Wiegen, das sie mit den Schenkeln be-
stimmte, als wolle sie uns in den Schlaf schaukeln, in einen
endlosen, lustvollen Schlaf.

»Hast du kein schlechtes Gewissen, Jo?« fragte sie blinzelnd, als sie wieder neben mir kauerte, im Handschuhfach
nach Zigaretten und Feuerzeug kramend. Sie legte beim Rauchen das Kinn auf die Knie, die spitz aus der Wolldecke ragten.
»Ein schlechtes Gewissen, warum?« – »Na, wenn wir uns in
diesem Auto lieben, das du von deinem Vater geerbt hast. Er
wird sich im Grabe umdrehen, meinst du nicht?« Sie kannte ja
meine Familiengeschichte, mit der ich sie wieder und wieder

erheitern konnte, diesen Tick meines Vaters, der alle zwei Wochen sein Auto auf Hochglanz poliert hatte, sich auf den Bauch warf und unter den Opel kroch, um festzustellen, ob sich nicht irgendwo Rost zeigte.

»Na und?« sagte ich mit den Schultern zuckend, »soll er sich ruhig seinen Dickkopf am Sargdeckel stoßen!« Claire blies mir eine Qualmwolke ins Gesicht. »Von deinem Vater steckt mehr in dir, als dir lieb ist. Du bist aufrichtig, mutlos und stur wie dein Alter, und in Herzensdingen willst du es lieber bequem haben.« Ich hob meine Hand, um zu widersprechen. »Ich nicht«, sagte Claire, ohne mich zu beachten, »Sicherheit und Bequemlichkeit sind mir ein Greuel. Und ich mag es nicht, in einer Haut zu stecken, aus der ich nicht ausbrechen kann. Willst du nie ausbrechen aus deiner Haut?« Ich wußte nicht, was ich erwidern sollte, und anscheinend erwartete sie keine Antwort. »Ich will lieber zu Sand werden oder zu Wasser, verstehst du?« Es klopfte und pochte aufs Autodach, eine sengende Sonne schob sich aus den Wolken, die Waldrand und Felder erglitzern ließ. Erneut legte Claire den Kopf auf die Knie und zuppelte an einem Faden der Wolldecke, in sich vertieft, nicht mehr ansprechbar.

Nein, ich verstand diese Dinge nicht, sie blieben mir vollkommen fremd. Zu Sand werden wollen – das war kein Begehren, das ich kannte. Es war schlicht eine Vorstellung, die mich beunruhigte. Claire lebte in einer anderen Welt, die geheimnisvoll, aufregend war, gegen die ich mich wehrte und die mich in Bann schlug. Gelegentlich kam sie mir schutzlos vor, als taumele sie von einem Abgrund zum anderen und halte sich an meiner »Sachlichkeit« fest. Oder ich hatte sie im Verdacht, mich mit Absicht verwirren zu wollen.

Anders als ich war sie eher verschlossen, wenn es um Familiengeschichten ging, um Kindheitserinnerungen, Studienerlebnisse oder andere Liebhaber vor meiner Zeit, ja, sie schottete sich mehr und mehr vor mir ab. Was sie in diesen Monaten preisgab, das weiß ich nicht mehr, ich meine, ich kann es nicht trennen von dem, was sie mir im Laufe von Jahren verraten sollte, als ich meine Neugierde besser beherrschte und nicht mehr von Mißtrauen zerfressen war.

Sie kam aus der Gegend von Freiburg, nicht weit von der Grenze zum Elsaß entfernt, wo Claires Vater als Weinbauer angefangen hatte und in seiner Freizeit zwei Fernstudien abschloß: in Ökonomie und Agrarwissenschaft. Anscheinend war er ein pfiffiger Kopf gewesen, der Architektur liebte, sich mit Geschichte befaßt hatte, Literatur verschlang. Er zog einen schwunghaften Weinhandel auf, den er mit seinem Anbau nicht decken konnte, und kaufte Wein in den Nachbargemeinden an, bei Bauern, die nichts vom Vertrieb verstanden und bei seiner Kalkulation nicht zu kurz kamen. Mit dem Gewinn brachte er den vom Vater verpachteten Gasthof in Schuß, als das Pachtrecht erlosch. Er war behutsam beim Umbau des mittlerweile verwahrlosten Fachwerkbaus, der Holzschnitzereien und Schankstubenfresken besaß, die er von Fachleuten aufbessern ließ.

Claire verehrte den toten Vater, der sich nicht hatte beschwatzen lassen – von seiner Frau, seinem Bruder und anderen Verwandten –, sein halb zerfallenes Elternhaus abzureißen und an seinen Platz einen Neubau zu stellen. Und er behielt recht. Als er mit Ende Vierzig einen Hirnschlag erlitt und ins Koma fiel, aus dem er nicht mehr erwachen sollte, war sein Gasthof, in dem Prominente verkehrten, bereits eine Goldgrube. Sie schilderte mir den verstorbenen Vater, den sie mit sieben verloren hatte, als einen Menschen, der warmherzig, klug und bescheiden gewesen sei – und sich von seiner inneren Unruhe habe verzehren lassen. Aus diesen Schilderungen sprach niemals ein Vorbehalt, nichts als schmerzhafte Liebe und Zuneigung.

Schweigsamer war sie, wenn es ums Geld ging, das sie dem Vater verdankte, der seine Familie bestens versorgt hatte. Aus den Einnahmen von Gasthof und Weinhandel und einer vom Vater veranlagten Erbschaftssumme sollte sie monatlich Geld beziehen – eine Summe, die sie nie verriet –, und nichts zwang sie, sich an einen Auftrag zu klammern, den sie zu langweilig oder zu aufwendig fand. Sie behauptete, Geld interessiere sie nicht, sobald ich von Mandanten berichtete, die mein Honorar nicht beglichen hatten. Das brachte mich innerlich gegen sie auf, sie konnte es sich ja erlauben. Andererseits kam ich mir neidisch und kleinherzig vor. Hing es nicht mit meiner Herkunft zusammen, meinem knauserigen Vater, Erfahrungen, die ich nicht abstreifen konnte, wenn ich sie verurteilte?

Claire hatte Sprachen studiert, Romanistik und Englisch, in Mailand, Paris und Berlin, und besaß einen Dolmetscherabschluß. Sobald sie Lust hatte, reiste sie auf einen Fachkongreß, eine politische Tagung und dolmetschte. Einen Mangel an Anfragen hatte sie niemals erlebt oder bemerkte es nicht, wenn es flauer zuging. Ja, sie sagte Termine in letzter Minute ab, ohne Furcht, es sich mit dem Veranstalter zu verscherzen, sollte er sauer sein, sie hatte Besseres vor. Gelegentlich brachte sie ein italienisches oder französisches Buch ins Deutsche, kulturwissenschaftliche Abhandlungen, kunsthistorische Werke, die sie interessierten, ohne Auftrag, mit Auftrag, das scherte sie nicht. In den Monaten, als wir uns kennenlernten, erhielt sie eine dringliche Aufforderung, sich als Dolmetscherin im EU-Parlament zu bewerben. Sie antwortete nicht, es traf wieder ein Schreiben ein, in dem sie den Straßburger Posten versprochen bekam, der außerdem blendend bezahlt war.

Das erfuhr ich am letzten Septembertag, den wir miteinander verbrachten. Sie wirkte befangen bei unserem Spaziergang im Sanssoucipark und Umgebung, als wolle sie mir etwas mitteilen und wisse nicht, wie sie es anstellen solle. Trotz der Beklemmung, die mich erfaßte, vermied ich es, in sie zu dringen. Anzunehmen, meine Anspannung teilte sich mit, und in einem Gartenlokal an der Havel, als wir uns am Kiosk mit Brezeln und Bier versorgt hatten, las sie mir das Schreiben aus Straßburg vor.

Ich lauschte, verunsichert und erschrocken. Eine Trennung, das war bis zu dieser Minute lediglich eine ferne Gefahr gewesen, keine Vorstellung, die mich bedroht und verfolgt hatte. »Wirst du annehmen?« fragte ich kratzig und wehrte mich gegen die Panik, die in mir aufstieg. Sie reichte mir schweigend den Brief, kratzte an einem Bierdeckel, starrte ins Leere. Endlich hob sie den Kopf, um mich anzuschauen. »Du kannst es mir schließlich verbieten.«

Ich wußte nicht, was ich entgegnen sollte. War es ein Liebesbeweis, den sie von mir verlangte? Oder wollte sie keine Entscheidung treffen? Entscheidungen haßte sie ja. Andererseits war sie zu launisch und eigensinnig, um sich etwas verbieten zu lassen. »Das ist eine Falle«, bemerkte ich mißmutig, »wenn ich dir etwas verbieten soll, mußt du es mir klipp und klar sagen.« – »Eine Falle?« versetzte sie, ehrlich erstaunt. Sie kaute verdrossen am Daumennagel, stieß mit der wippenden Schuhspitze gegen mein Bein. Sie machte den Eindruck, erregt und beleidigt zu sein.

Ich nahm einen Schluck aus dem Bierglas, bereit, meinen falschen Verdacht zu bereuen, als sie eine heitere Schnute zog und mich mit diebischer Freude betrachtete. »Wenn ich dir klipp und klar, mußt du mir klipp und klapp – das ist ziemlich verdreht, meinst du nicht?« Halb erleichtert, halb mißtrauisch ließ ich den Brief sinken. »Ich mag sie halt nicht, deine Schwarzen Peter.« Sie sprang von der Bank hoch und setzte sich neben mich. »Du bist ein schrecklicher Dummkopf«, erwiderte sie, »und außerdem werde ich nicht annehmen, ich werde mich niemals fest anstellen lassen! Und bestimmt nicht, um diesen Politikermumpitz zu dolmetschen. Nicht gegen eine Million!« Sie kraulte mich glucksend im Nacken. »Und die denken, es sei Strategie, wenn ich schweige, um mein Gehalt aufzustocken, ich weiß nicht was. Darf ich?« Sie nahm mir den Brief aus der Hand, den sie vor meinen Augen zerriß, erst in Streifen, anschließend in Schnipsel und Schnipselchen, die sie auf den Kiesboden streute. »Schluß!« knurrte sie, »das ist erledigt.«

Trotzdem verbiß sie sich wieder ins Schweigen, das anhielt, bis wir in der Emdener Straße eintrafen, wo sie mich, anders als sonst, nicht am Handgelenk packte und bis zur Dachwohnung hochzog. Vorm Eingang zum Hinterhaus wandte sie sich zu mir um, lippenkauend, betreten. »Heute kann ich dich leider nicht mitnehmen zu mir.« Als sie das losgeworden war, schmiegte sie sich an mich und strich mir blind mit den Fingern um Augen und Nase. »Zur Zeit kann ich das nicht«, wiederholte sie, »heute nicht.«

Ich starrte verwirrt auf den Scheitel vor meinem Gesicht, in dem sich ein Tierchen verfangen hatte. »Bedauerst du deinen Entschluss, ist es das?« erkundigte ich mich mit rauher Stimme und entfernte das tote Insekt aus Claires Haaren. »Kalt«, sagte sie, »absolut kalt.« Wieder wollte sie sich meinem Ernst entziehen, etwas Schwerwiegendes in ein Spiel umbiegen, das war mir vertraut, und es machte mich wild. Gereizt schob ich sie von mir und lief auf den Hinterhof.

Vor der Kanzlei holte sie mich ein. »Sei kein Trotzkopf, ich bitte dich«, sagte sie, von einem Fuß auf den anderen springend, »ich muß auf einen Kongreß, das ist es, mich waschen und packen und bald zu Bett gehen, um nicht als Transuse aufzubrechen und zuletzt meinen Pass zu vergessen. Meine Maschine geht schon um halb acht.«

Claire log nicht, sie hatte Verpflichtungen in New York, die sie eine Woche in Anspruch nahmen, und beabsichtigte, sieben weitere Tage bei einer Freundin in Brooklyn zu bleiben. In den zwei Wochen, die ich allein blieb, redete ich mir erfolgreich ein, meine Zweifel an unserem Zusammensein seien abwegig. Sie rief mich alle zwei Tage an, mit dieser singenden, heiteren Stimme, mit der sie mich streichelte und liebkoste und die mich auf Anhieb beschwichtigen konnte. In den vergangenen Monaten hatte ich außerdem meine Kanzleiarbeit schleifen lassen, der ich mich jetzt, in Claires Abwesenheit, um so entschlossener annehmen wollte. Richtig gelingen sollte mir das nicht. Ich war zu zerstreut, ließ mich ablenken von Gedanken, die nichts mit dem Vorgang zu tun hatten, der zur Erledigung auf meinem Schreibtisch lag. Meine Halbtagskraft stichelte: »Wird das nichts mehr mit der Hochzeit?«, und als ich sie feindselig anstarrte, verließ sie mein Zimmer mit einem Gesicht, das zwischen Groll und Besorgnis schwankte.

Als Claire wieder in Berlin war, benahm sie sich anders als in den vergangenen Monaten, abwehrend, beinahe fremd, und sagte Dinge, die mich alarmierten. »Warum bist du nicht verheiratet?« maulte sie, »von einem Liebhaber kann man sich besser trennen, ohne ein schlechtes Gewissen zu haben.« Wir saßen in Vaters betagtem Kadett an einer Stelle am Havelufer, als sich aus dem Himmel ein Sturzsee ergoß, der uns zum Nichtstun verurteilte.

Um sie aus der Dachgeschoßwohnung zu locken, die trotz

meines Klopfens und Klingelns verschlossen geblieben war –
sie nehme ein Bad, sagte sie, als ich anrief –, hatte ich sie beschwatzt, einen Ausflug zu machen. Zaudernd stimmte sie zu
und versetzte mich um eine Stunde, die ich aufs Steuerrad
trommelnd im Opel verbracht hatte. Endlich schlenderte sie
aus dem Hausflur zum Bordstein, ließ sich neben mich fallen
und zeigte zum Himmel: »Und das nennst du eine sternklare
Winternacht?« Das war sie, bis vor einer Viertelstunde, wollte
ich ruppig erwidern – und ließ es sein.

Ich wollte mich ja nicht mit Claire zerstreiten. Ich wollte
erfahren, was passiert war. Sie warf keine Briefe mehr in meinen Kasten, kam nicht mehr in meine Kanzlei und war dauernd
mit Freundinnen und Freunden verabredet – mit Dolmetscher-
freunden und Hutmacherfreundinnen, Sprachlehrern, Verlagsmenschen und was weiß ich, an die sie sich schlagartig wieder
erinnert hatte, als sie aus New York in der Heimat eintraf.
Zu diesen Verabredungen ins Theater, in Kino, Museen oder
Kneipen nahm sie mich nicht mit, als wolle sie sich nicht zu mir
bekennen und vor Freundinnen und Freunden verstecken. »Ich
teile mit dir etwas anderes«, sagte sie aufbrausend, »ich teile
mit jeder Person etwas anderes, und Vermischungen kann ich
nicht ausstehen. Beruhigt dich das?« Es beruhigte mich nicht.

Meine Beharrlichkeit konnte sie fuchsteufelswild machen,
und es fielen Bemerkungen, die mich verletzten. Oder sie rettete sich in ein eisiges Schweigen, das ich als vernichtend empfand. Wenn sie besserer Laune war, scherzte und stichelte sie,
ich sei halt ein Mutterkind, das es gewohnt sei, sich an einen

Rockschoß zu klammern. In den kommenden Wochen verreiste sie wieder und wieder, verbrachte zwei Tage in Wien oder Mailand, um ein besonderes Konzert zu erleben, an einem Hochzeitsfest teilzunehmen, oder traf sich in Heidelberg mit dem Bruder, Reisen, in die sie mich kurzfristig einweihte, falls sie mich nicht erst benachrichtigte, wenn sie am Bestimmungsort war, was sie mit der Entscheidung in letzter Minute rechtfertigte. Sie meldete sich telefonisch, um mir zu berichten, was sie in den vergangenen Stunden erlebt hatte, und schaffte es meistens, mich aufzumuntern und von meiner Verunsicherung zu befreien. Leider hielt meine bessere Stimmung nie an. Mit dem summenden Telefon, das ich ans Ohr preßte, trat ich ans Fenster und starrte ins Hofviereck.

In der Dachgeschoßwohnung empfing sie mich nicht mehr, sie besuchte mich lieber zu Hause, kam mit einem Taxi zu mir in die Cranachstraße, gegen Mitternacht, wenn ich bereits im Bett war, und klingelte Sturm, bis ich aufsperrte. »Du liegst falsch, wenn du meinst, ich sei sexbesessen. Ich kann es ja wegstecken«, kicherte sie, am Bund meiner Schlafanzughose zupfend, »und wollte vier Monate Winterschlaf halten«, kniete sich auf meinen Teppich im Korridor und zerrte sie mit einem Ruck zu Boden, »und von einer Minute zur anderen haut es mich um, und es ist nichts mehr mit meinem Enthaltsamkeitsvorhaben.« Um zwei in der Nacht weckte mich ein Hupen. Sie sprang aus dem Bett, zog sich wieselflink an, hauchte mir einen Kuß auf die Lippen und rannte zum Taxi, das sie zwischen den Birken vorm Eingang erwartete.

Es war Ende November, als wir an der Havel standen und uns der prasselnde Regen, der Wasser und Uferschilf peitschte, in Vaters Kadett einsperrte. »Was soll das heißen«, erkundigte ich mich mit zitternder Stimme, »von einem Liebhaber kann man sich besser trennen? Falls du dich von mir trennen willst, mußt du es sagen.« Frierend, in sich verkrochen, am Feuerzeug knipsend, starrte Claire zu Boden und schwieg. Dieses Schweigen war schlimmer als eine Bejahung. Ich verlor meine Beherrschung und schrie sie an: »Sag es mir, falls du dich von mir trennen willst.«

Sie erschrak und betrachtete mich voller Furcht, fassungslos, abwehrend, widerwillig, und in diesen Widerwillen mischte sich ein Bedauern, das Mitleid und Hochmut verriet. »Nicht wahr? Du verachtest mich«, sagte ich bebend, »du hast Mitleid mit mir und verachtest mich.« Ich wandte mich ab, schaute auf meine Armbanduhr – Zeiger und Ziffern verschwammen vor meinen Augen – kurbelte hastig am Seitenfenster und sog begierig die Regenluft ein. Eine schwindelerregende Anspannung packte mich, die meine Kehle zusammenpreßte.

»Nein«, versetzte sie endlich, »das tue ich nicht«, und ergriff meine Hand, um sie sich in den Schoß zu legen. Sie straffte sich, blies sich ein Haar aus der Stirn und streichelte schwach meine Fingerkuppen, bis mich ein Schauder erfaßte. »Und das mit dem Liebhaber, das war idiotisch. Verzeihst du mir?« wollte sie wissen. Ich nickte. Aufs neue verfiel sie ins Schweigen. Zerfahren und ruhelos knetete sie meine Hand, als stemme sie sich gegen eine Entscheidung. »Das mit dem Liebhaber, das war idiotisch«, wiederholte sie schluckend, »ich will dich ja nicht verlassen. Nein, dich verlieren, das will ich nicht. Wenn ich umziehe, brauchen wir uns nicht zu trennen, oder?« – »Du willst umziehen?« stammelte ich.

Ich atmete auf, als sie von einer Kreuzberger Wohnung sprach, die zu einem erschwinglichen Preis zum Verkauf stehe und keine zehn Schritte vom Landwehrkanal entfernt sei. »Am Wasser zu wohnen ist mein Kindheitstraum.« Meine Erleichterung steckte sie an. Sie kramte im prallvollen Lederbeutel, bis sie einen Grundrißplan in der Hand hielt, den sie auf dem Steuerrad ausbreitete, um mir anhand schwarzer Striche und Punkte zu zeigen, wo sie Mauern einreißen und andere ziehen werde und eine Treppe zum Dachstuhl errichten wolle – der sei im Kaufpreis mit inbegriffen –, sie plauderte heiter und angeregt an meiner Seite, meine vor Seligkeit dussligen Fragen beantwortend, als sei dieser Schmerz vor Minuten ein Irrtum gewesen.

»Wirst du mir beim Umbauen helfen, Jo?« fragte sie kichernd, als sie sich auf mein Kanzleisofa fallen ließ und beide Knie anwinkelte, um sich von Baumwollrock, Strumpfhosen, Slip zu befreien, und mich am Haarschopf zum Schoß bugsierte, meinen Hals mit den Beinen umschlingend. »Wirst du mir helfen?« – »Ja«, sagte ich atemlos, rasend vor Kummer und Lust.

Sie wirkte befreit in den kommenden Tagen und Wochen und lockte mich wieder ins Dachgeschoß, wo wir splitternackt Tango und Foxtrott tanzten – die sie mir mit Begeisterung beibrachte – und uns zwischen den achtlos verstreuten Klamotten liebten. An einem sonnigen Wintertag lenkte sie meinen Kadett bis zur Wohnung am Landwehrkanal, die eisigkalt war, vergammelt und kahl, und wir picknickten auf dem zerkratzten Parkettboden. Als sie von der Toilette kam, hatte sie einen Pelz an, der knisternd vorm Kissen aus Schamhaaren aufklaffte und in dem sie sich vor mir zu rekeln begann, bis ich mir meine Kleider vom Leib riß.

Und als sie im Januar loslegte und mit meiner Hilfe zwei Mauern beseitigte, Bauschutt in ein Plastikrohr kippte, der zum Eisencontainer beim Hauseingang prasselte, eine Gipskartonplattenwand hochzog und eine zweite, den Fußboden abschliff, Tapeten klebte, lotste sie mich in den Pausen zum Tapeziertisch, auf dem sie sich vor mir entkleidete, bekleckst und verstrubbelt, mit flatternden Augen, und ich schleckte mich tiefer und tiefer in Claires Geschlecht, diesen salzigen Schlund, der erregend nach Baustaub roch, einem Anflug von Schweiß und Urin, hob sie hoch, drang zur engen, behaarten Rosette vor und stieß meine Zunge ins Loch, gierig nach seinem bitteren, scharfen Geschmack. Claires Kopf kippte halb von der Holzplatte. Sie gurgelte, stammelte, japste: »Ich liebe dich, Jo«, und verkrallte sich wimmernd in meinen Haaren.

Trotzdem entzog sie sich wieder und wieder. Wenn ich mich kurzerhand aufmachte, um sie am Landwehrkanal zu besuchen, konnte sie unwirsch und wild werden. Sie empfing mich im Treppenhaus, ließ mich nicht ein. »Ich muß mich nicht dauernd mit dir abgeben«, warf sie mir an den Kopf, »heute will ich allein bleiben.« Andere Bemerkungen erschreckten mich mehr. »Das zwischen uns sollte einfach zu Ende gehen, wie es begonnen hat, von einem Tag auf den anderen. Keinem von uns darf es weh tun, das will ich nicht.« Oder sie sagte: »Es ist mir zu nahe mit dir, und ein bißchen befinde ich mich auf der Flucht.« Bei einer Begegnung bekannte sie, das Haus in der Emdener Straße verlassen zu haben, um nicht mehr mit mir benachbart zu sein. »Ich brauche halt einen Sicherheitsabstand zu dir«, versetzte sie lachend, »um nicht aus den Latschen zu kippen.« Andererseits schrieb sie mir Karten und rief mich an, wenn ich mich eine Woche nicht meldete, und wollte sich mit mir verabreden.

»Ob es nicht besser ist, wenn unsere kleine Geschichte ein Zwischenfall bleibt? Nein, kein Zwischenfall«, fiel sie sich eilig ins Wort, »etwas Glitzerndes, Liebes und Fiebriges, an das ich mich seufzend erinnern werde, wenn ich runzlig und ranzig bin«, witzelte sie. Sich entscheiden zu sollen empfand sie als Zumutung. »Du mit deinen Entscheidungen und Urteilen«, wehrte sie sich, frech, verstockt, »das ist eine Berufskrankheit.« Oder sie sagte, in anderer Stimmung, dem Weinen nah: »Ich brauche Zeit, um mich zu entscheiden. Du mußt mir Zeit lassen, bitte.«

Sie war mir fremder als je, und ich konnte mein Mißtrauen nicht mehr beschwichtigen. Es nahm Ausmaße an, die mich kopflos und panisch machten. Es dauerte Tage und Tage, bis ich einen albernen Schriftsatz zustande brachte. Ich fertigte meine Mandanten ab, ungeduldig und achtlos, bis sie nicht mehr wiederkamen, verschwitzte Termine im Landesgericht, ohne mein Fehlen zu entschuldigen, was mir einen warnenden Brief meiner Kammer eintrug, und Anfang April sollte ich meine Halbtagskraft loswerden, die sich mit den Worten verabschiedete, sie halte es »in diesem Chaos« nicht aus. Es sei schlimm, wie ich mich ruinieren ließe von einem Flittchen! Ich war eher erleichtert, als ich allein war und mich nicht mehr rechtfertigen mußte. Ich konnte sie ohnehin nicht mehr bezahlen, meine Kasse war beinahe leer.

Als ich das vor Claire bei einer Gelegenheit fallen ließ – ich weiß nicht, warum, um mir Luft zu verschaffen, und gleichzeitig mit einer Stimme, die abwiegelnd klang, sie sollte nicht annehmen, es handle sich um einen Vorwurf –, bot sie an, mir mit Geld auszuhelfen. »Zwanzigtausend, die kann ich dir leihen. Sag es mir, wenn du sie brauchst.« Dieses Angebot war wie ein Hieb in den Magen. Das sei nicht notwendig, wehrte ich ab, Anfang Mai werde sich meine Lage bessern. Sie zu beruhigen kostete mich keine Anstrengung, sie wollte ja von diesen Dingen verschont bleiben.

In dieser Zeit hatte ich bereits angefangen, mich in zwei Lokalen am Landwehrkanal aufzuhalten, die vom Hauseingang zehn, zwanzig Meter entfernt waren, je einen Garten zum Gehsteig besaßen, umfriedet von Hecken und Eisenzaun. Stunden um Stunden verbrachte ich vor meinem Bierglas und rauchte – ich hatte inzwischen zu rauchen begonnen –, halb verborgen von einer Kastanie, und starrte zum Hauseingang oder zur Wohnung hoch, in der sich gelegentlich Schatten bewegten, falls sie nicht bis Mitternacht dunkel blieb. Schließlich bezahlte ich, warf mich in meinem Opel – den ich in der Regel am Uferweg abstellte, an einem versteckten, von Weiden bewachsenen Platz –, um rechtzeitig zu Hause zu sein und sie nicht zu verpassen, falls sie vorhatte, mich zu besuchen, und sich, aus einer Kinovorstellung kommend, von einer Essenseinladung bei Freunden, vom Taxi zu meiner Adresse chauffieren ließ.

Bald war ich Stammgast in beiden Lokalen, ein stummer, verschlossener, zerstreuter Stammgast, der bei trockenem Wetter um sieben, halb acht in den Garten einlief, um sich einen Sitzplatz zu sichern. Ich spionierte sie wochenlang aus, ohne zu wissen, was ich bezweckte. Wollte ich meinen Verdacht zerstreuen, sie sei mit einem anderen Mann zusammen, oder war es nicht eher der Schmerz, den ich suchte – ein Schmerz, den ich mir als befreiend vorstellte oder als mich verschlingendes schwarzes Loch, falls mein Verdacht sich am Ende bewahrheiten sollte? Oder beabsichtigte ich nichts anderes, als diesem Menschen, von dem ich nicht loskam, den ich mit verzweifelter Sturheit liebte, nahe zu sein?

Claire bemerkte mich nicht. Sie rechnete nicht mit meiner Besessenheit oder wollte sie einfach nicht wahrhaben. Springend und schlackernd verließ sie den Hauseingang, lief zur U-Bahn-Station oder stieg in ein Taxi und schaute sich niemals zum Biergarten um. Am schlimmsten war diese Leere, die sich in mir ausbreitete, wenn ich wieder allein war.

Gelegentlich kam sie mit Freundinnen heim, und an einem Montag mit einem Mann, der gut aussehend, schwarzhaarig und hoch gewachsen war und in meinem Alter sein mochte. Als sie zusammen aus dem Taxi stiegen, zog Claire den Mann an der Jacke zum Bordstein, der sich anscheinend lieber verabschieden wollte und verlegen am Hinterkopf kratzte – er machte den Eindruck, in Eile zu sein. Claire ließ es nicht zu, als er wieder ins Taxi springen wollte, und schickte den Fahrer weg, den sie inzwischen bezahlt hatte. Vor der Hecke zum Biergarten blieben sie stehen und zankten sich ohne besonderen Ernst mit sich kabbelnden, balgenden und wieder scherzenden Stimmen, die an meinen Platz wehten – von dem, was sie sagten, verstand ich kein Wort. Sie wirkten vertraut, diese frotzelnde Forschheit paßte nicht zu zwei Menschen, die sich eher fremd waren. Ich verschob meinen Stuhl um ein paar Zentimeter, wo mich kein Lampenschein mehr erreichte, der aus bunten Lampions in den Zweigen zu Boden fiel.

Meine zitternde Anspannung nahm ich erst wahr, als sie ins beleuchtete Treppenhaus traten und als Schatten, die gegeneinander stießen, miteinander verschmolzen und sich wieder trennten, zur vierten Etage hochstiegen. Ich hatte den Garten verlassen und stand auf dem Gehsteig, mit brennenden Augen zur Wohnung starrend, in der das Deckenlicht aufflammte. Als ein Fenster aufflog und sich Fetzen von Tangomusik in das Stimmengewirr aus dem Biergarten mischten, winkte ich der Bedienung und eilte zum Wagen. Ich war innerlich vollkommen taub, als ich heimkam, schleppte mich zur Toilette und kotzte ins Klobecken, zog mich am Waschbecken hoch, trank vom Hahnwasser, bis ich nichts mehr von Galle und Magensaft schmeckte, hob den Kopf und betrachtete mich voller Ekel im Spiegel, mein stoppliges, weißes, verzerrtes Gesicht.

Diese Geschichte mußte ein Ende nehmen, wenn ich mich nicht aufgeben wollte. Am anderen Vormittag rief ich sie an – sie war nicht daheim oder wollte nicht abnehmen – und sprach auf den Anrufbeantworter, streckte mich auf dem Kanzleisofa aus – in den ersten Minuten mit grimmiger Freude, die in etwas Stechendes, Krampfhaftes umkippte –, sprang hoch, um mir einen Kaffee zu kochen und anschließend einen Spaziergang zu machen, den ich nach dreißig Minuten abbrach, um schleunigst in meine Kanzlei zu kommen, es konnte ja sein, und sie wollte mich dringend erreichen. Ich rannte zum blinkenden Apparat, lauschte im Stehen den Anrufern – zwei Klienten – und sackte schlaff in den Drehsessel neben mir.

Einmal klingelte jemand beharrlich. Ich schlich mich auf Zehenspitzen zum Spion und machte nicht auf, als es mein Jugoslawe war, den ich vor einer Woche erfolgreich verteidigt hatte – er mochte mich in seine Eckkneipe einladen oder sich sonstwie bedanken wollen. Ich wartete, bis er im Hausflur verschwand.

Bis um zehn in der Nacht rief sie nicht bei mir an, als ob sie mir nichts mehr zu sagen habe und unsere Trennung beschlossene Sache sei. Nicht sie hatte sich gegen uns entschieden – Entscheidungen haßte sie ja.

Ich mußte mir endlich Gewißheit verschaffen, und als ich an Claires elektronischer Ansage scheiterte, fuhr ich zum Landwehrkanal. Schwacher Lampenschein fiel auf den Gehsteig vorm Haus, als sei sie am Arbeiten oder am Lesen. Um frische Luft einzulassen – es war eine knisternde, angenehm warme Nacht – standen zwei Fenster sperrangelweit offen. Ich gab mir einen Ruck, lief zum Hauseingang, klingelte. Es regte sich nichts, Claire machte nicht auf. Ich schellte beim Nachbarn im Erdgeschoß, stammelte eine Entschuldigung, rannte vier Treppen hoch, klingelte wieder und klopfte.

Meine Verwirrung verwandelte sich in Wut. Ich konnte mich nicht mehr beherrschen und trommelte vollkommen außer mir gegen das Holz, meine Fausthiebe hallten im Treppenhaus wider. Erst als eine Stimme von unten zu schimpfen begann, kam ich zur Besinnung.

Ich setzte mich auf eine Treppenstufe und vergrub mein Gesicht in den Fingern. Im Flur war es finster und totenstill. Irgendwann schaltete jemand das Licht ein, schloß den Hauseingang auf, holte sich seine Post aus dem Briefkasten, stieg in den ersten Stock, erreichte den zweiten, den dritten. Taumelnd erhob ich mich von meinem Platz. Ich wischte mir Augen und Stirn mit dem Hemdzipfel ab, den ich aus meiner Hose rupfte. Erfolglos ermahnte ich mich zur Ruhe, meine Scham und mein Kummer waren einfach zu groß. Und als sie vor mir stand, furchtbar erschrocken, und um mich zu umarmen, Post und Handtasche fallen ließ, murmelnd: »Um Gottes willen, was ist passiert, Jo, was ist mit dir los?«, brach mein Widerstand in sich zusammen.

In dieser Nacht hatten sie meine Verzweiflung und meine besessene Liebe entsetzt. Aus dem Treppenhaus schubste sie mich in die Wohnung, wo wir aufs Sofa beim Fenster fielen und ich meinen Kopf in Claires Schoß bohrte. Ich verabscheute mich, meine kleinliche Eifersucht. Claire sprach mir beruhigend zu, mit besorgter Stimme, grub in meinen Haaren und streichelte mich. »Was ist mit dir los, Jo?« verlangte sie von mir zu wissen, »was hast du erlebt?« Auf dem Parkettboden neben dem Sofa blinkte der Anrufbeantworter ohne Pause.

Sie hatte den Tag in der Staatsbibliothek verbracht. Und dieser gutaussehende, schlanke, schwarzhaarige Mann, mit dem ich sie zusammen beobachtet hatte, das war Claires Bruder gewesen, den es aus beruflichem Anlaß zwei knappe Tage in die Hauptstadt verschlagen hatte. In der Nacht hatte er sein Hotelzimmer aufsuchen wollen, um Claire nicht zur Unzeit zu wecken, er mußte am anderen Morgen bereits gegen sieben am Flughafen sein.

»Du Dummkopf, du schrecklicher Dummkopf«, schalt sie mich aus, sanft und belustigt und gleichzeitig traurig, schob mich beiseite und holte ein Handtuch, um mein verheultes Gesicht abzutrocknen, und wiederholte beschwichtigend, fassungslos, »ich habe dich niemals betrogen, du Dummkopf, ich bin kein untreuer Mensch, der mit einem anderen Mann mir nichts dir nichts ins Bett steigt.« – »Ja«, sagte ich matt, in ein Taschentuch schniefend, »ich weiß nicht, warum ich das dachte, ich weiß es nicht mehr.« – »Du mußt mir vertrauen, sonst sind wir verloren.« Ich nickte erneut – wie ein Kind, fiel mir ein, das man beim Kirschenklau in Nachbars Garten erwischt hat, rotznasig, kleinlaut, zerknirscht –, stand vom Boden auf, um mich ans Fenster zu stellen, und starrte zum Biergarten rechter Hand, seinen in der Kastanie baumelnden bunten Lampen. »Und wenn ich mich ernsthaft verlieben sollte, in einen anderen Mann, meine ich«, sagte Claire versonnen, als rede sie mit sich selber, »wirst du das rechtzeitig von mir erfahren.«

In dieser Nacht ließ sie mich bei sich schlafen, nicht ohne mich abzuwehren, als ich sie streicheln wollte, und sich knurrend auf die andere Seite zu drehen. »Gute Nacht«, sagte sie und kurz auflachend, »es wird ein Uhr sein, nicht wahr? Zeit zu schlafen, Johannes!« Am Morgen benahm sie sich abweisend, kalt, und ich beeilte mich, in meine Sachen zu steigen, um sie von meiner beklemmenden Gegenwart zu befreien. Claires Widerwillen, der fast an Ekel grenzte, richtete sich gegen meine Besessenheit, die sie aufs tiefste erschreckt hatte.

In den kommenden Wochen und Monaten mied sie mich, meldete sich nicht mehr, außer, wenn sie sich auf Reisen befand und in Sicherheit war. Sie war im reinen mit einer Welt, die sie alleine bewohnte. Und aus der Ferne beteiligte sie mich an dieser Welt, mit einer Begeisterung, die ansteckend war.

Sie zu beknien, mich zu treffen, war zwecklos – ich wußte das und ließ es sein. Ich schrieb ab und zu einen Brief oder schickte ein Fax, die sie in der Regel beantwortete, sprudelnd, lebendig und heiter. Ich las diese Antworten, auf ein Versprechen hoffend, eine Zeile, aus der sich erfahren ließ, ob sie mit mir zusammenbleiben wolle. Claire verweigerte mir diese Auskunft. Gelegentlich packte es mich, gegen meinen Willen, und ich lenkte den Opel zum Landwehrkanal, stieg aus, um am Ufer spazierenzugehen, und schaute hoch zur verwaisten Wohnung, sie war ja zur Zeit in Paris oder Amsterdam.

Andererseits warf ich mich wieder auf meine Arbeit, als sich ein namhafter Dandy und Modedesigner, den ich bei meinem verflossenen Partner betreut hatte, an mich erinnerte. In einem Skandalblatt erschien ein Foto, das mich zusammen mit meinem Mandanten zeigte, und im Handumdrehen besserte sich meine Auftragslage.

Tage der Trauer und Unruhe wechselten ab mit Tagen beharrlicher oder verbissener Arbeit, mit der ich mich ablenken konnte. Bald sollten es mir meine Einnahmen erlauben, erneut eine Halbtagskraft einzustellen, die Ordnung in meinen Papierkram brachte und mich auf Trab hielt – was wichtiger war. Mich auf dem Kanzleisofa auszustrecken und im Erinnerungssumpf zu versinken, das ging nicht mehr.

Es war mittlerweile Dezember. Um mich vom Druck zu befreien, der mich meistens befiel, wenn ich in meine Kanzleiwohnung trat, hielt ich nach einer anderen Bleibe Ausschau, anfangs halbherzig, schließlich mit wachsendem Eifer. Ja, bald spielte ich mit der Idee, mich in einer anderen Stadt zu verkriechen, ohne sie wissen zu lassen, wo ich mich befand.

Kurz vor Weihnachten schickte sie mir ein Paket, auf dem ein mit mehreren Ausrufezeichen versehenes »Vorsicht zerbrechlich« stand, was man bei Claires Neigung zu Anspielungen ohne Not auf uns beide beziehen konnte. Meine Vermutung erwies sich als richtig. Als ich den Empfang auf der Treppe quittiert hatte, trug ich das kleine Paket in mein Arbeitszimmer, in dem ich mich vor meiner Halbtagskraft einschloß, die den Auftrag erhielt, alle Anrufer abzuwimmeln, bis zur Mittagszeit sei ich verhindert.

Ich war zu erregt, um den Knoten der Kordel zu lockern. Um eine Schere zu finden, zerrte ich eine der Schreibtischschubladen auf, die bei dem heftigen Ruck aus den Laufschienen sprang und neben dem Drehstuhl zu Boden krachte. Aus dem Packpapier, das ich mit zittrigen Fingern in Fetzen riß, kam eine Schachtel zum Vorschein, die ich ans Ohr hielt und behutsam bewegte. Ein trockenes Klappern drang aus dem Karton, das mir nicht verriet, was sein Inhalt war.

Atemlos hob ich den Deckel hoch, zog eine kleine Skulptur aus der Schachtel und drehte das Liebespaar in meinen Fingern, schwankend zwischen Verwirrung und maßloser Freude.

Knappe sechs Jahre waren wir zusammen, als wir in der Ewigen Stadt eintrafen, und am Anfang, im Laufe der anderthalb Wochen, die wir in Lokalen und Kirchen verbrachten, im Villa-Borghese-Park und am Gianicolo, Bummeleien in der abendlich tosenden Altstadt, mit Fahrten ans Meer oder in die Berge, fiel mir an Claires Verhalten nichts auf, was ich als bedrohlich empfinden mußte. Nein, sie war munter und ausgelassen und von einer Sinnlichkeit, einem Verlangen, das mich an unseren Anfang erinnerte, diesen Strudel aus Lust und Begehren, der verspielt und heiter gewesen war, ohne den grimmigen Ernst einer Hingabe, der an Verzweiflung grenzt. Wir liebten uns nicht mit der fiebrigen Hast eines Paares, das sich aneinanderklammert, um sich dem nahen Verlust mit Gewalt zu entziehen. Unsere Tage waren schwerelos, luftig und liebevoll, zu schwerelos, um einen Schatten zu werfen. Claires Sinnlichkeit kam mir wie eine Bejahung vor, ein Bekenntnis zu meiner Person und uns beiden. Es war dieser berauschende Taumel der ersten Zeit, die aus nichts anderem bestanden hatte als reiner erregender Gegenwart, ohne Vergangenheit und ohne Zukunft.

Claire war mit den Winkeln und Gassen vertraut, die sie aus Studienzeiten kannte, wenn sie mit dem »Bischof« ein Treffen vereinbart und er sie in letzter Minute versetzt hatte. Dieser verflossene Liebhaber Claires hieß in Wahrheit Maurizio del Vescovo, besaß eine Firma im Umland von Mailand, war verheiratet, hatte drei Kinder. Teils verdankte er es seinem Nachnamen, wenn er bei Claire ausschließlich »mein Bischof« hieß, zum anderen Teil seinem Doppelleben, das einem katholischen Bischof ja anstand, fand sie. Nein, neu war mir diese Geschichte nicht, die sie in aller Eile beendet hatte, als er sich ernsthaft in sie verliebte und anbot, sich scheiden zu lassen.

63

Sie wollte nicht schuld sein an einer Trennung und am Zusammenbruch seiner Familie. Und vor der Aussicht, den Bischof zu heiraten, Frau eines Herstellers von Telefonen zu werden und in seiner Neureichenvilla bei Mailand zu wohnen, nahm sie Reißaus.

Wenn sie sich am Tiber verabredet hatten, benutzte er stets einen anderen Zug als sie – eine seiner verschiedenen Vorsichtsmaßnahmen –, falls er nicht absagen mußte oder einen Termin vorschob. Claire fand es nicht schlecht, wenn er sie allein ließ und sie ausreichend Zeit hatte, Rom zu erkunden. Sie war eine streunende Katze gewesen, die keine Verpflichtungen hatte – und eine Bleibe, eine sonnige Bleibe mit zwei Terassen, einer zum Park, einer anderen zum Fluß.

Ja, sie kannte sich aus mit den Kirchen, Ruinen und Parks, Lokalen und Kinos und Vorstadtvierteln, Eisdielen oder Konditoreien. Sie schleppte mich hoch bis zur Doria Pamphili, wo wir uns in einem Pinienhain ausstreckten und Claire ein panino mit Ei und Salami verzehrte und ein zweites mit Thunfisch und Artischocken, die sie sich in der Bar hatte einpacken lassen. Schwungvoll befreite sie sich von den Schuhen, die sie mit den Zehen in die Luft schleuderte, und trampelte Spuren ins weiche Gras. Schlug ein Rad, setzte zu einem Handstand an, und erst als das Kleid bis zum Bauchnabel rutschte und Claires knallroter Slip in die Wiese ragte, stellte sie sich auf die Beine. Atemlos ließ sie sich neben mich fallen und kraulte mich mit einem Grashalm am Hals.

»Menschenskind, willst du nicht deine Latschen ausziehen?

Nichts ist lustvoller als dieses kitzelnde Gras an den Fußsohlen.« Ich blinzelte hoch in das flirrende Dach, das sich gegen den stahlblauen Himmel stemmte. Vereinzelte Sonnenstrahlen sickerten ein und punktierten die Wiese mit flimmernden Flecken. »Nichts ist lustvoller?« frotzelte ich, »bist du sicher?« – »Mhm«, machte sie, mit einer Haarklammer zwischen den Lippen, »du hast recht, sicher bin ich mir nicht. In rieselndem Bachwasser schlafen ist lustvoller. Es muß eine heiße Nacht sein, versteht sich. Und Karotten zerknacken ist lustvoll. Wenn ich mir eine Hand voller Heidelbeeren in meinen Mund stopfe und mir der Saft bis zum Kinn rinnt, ist das eine lustvolle Sache. Und«, sagte sie, »eine Mimosentorte, die ich allein essen darf. Ohne deine Beteiligung, hast du verstanden?«

Und sie kaufte sich eine Mimosentorte, um sie auf dem Pensionsbett allein zu verputzen, summend und schwelgend und splitternackt – ich mußte vom weinroten Sessel aus zuschauen –, bis auf ein paar Kleckse der gelblichen Creme, die ich Claire aus den Mundwinkeln lecken durfte, von Fingern und Nase und Backe und Brustwarzen, die sie sich mit zwei Tupfern bekleckst hatte. Als sie fertig war, fiel sie erledigt ins Kissen. »Mann, bin ich satt«, grunzte sie, »weißt du, wie ich mir vorkomme, Jo? Wie ein Faß voller Sahne. Willst du es mit einem Schlagsahnebottich treiben? Dachte ich mir. Laß uns pennen!« Und mir das Hinterteil zukehrend, nickte sie ein.

Wir spazierten ins Sumpfland der Caffarella, das in der Mittagsglut kochte und dampfte, und ließen uns an einem schattigen Platz nieder, wo sich Claire in die Zeitung vertiefte, die sie sich am Kiosk vor unserer Pension besorgte, wenn wir am Morgen zum Stadtbummel aufbrachen. Ich schaute mich um zu den fernen Terrassen der Wohnviertel, dem Wirrwarr aus flimmernden Fernsehantennen, Markisen und Dachpflanzen, scheckigen Flecken und Tupfern, und zuckte zusammen, als sie mir ins Bein zwickte.

»Das muß ich dir vorlesen«, sagte sie lachend, »am vergangenen Freitag vermißte ein Hundebesitzer im Umland Cerveteris seinen Hund, den er erst nach zwei Stunden ausgiebiger Suche in einer Grube von zehn Metern Tiefe entdeckte. Mit Hilfe von Feuerwehrleuten konnte das zitternde Tier aus dem Erdloch befreit werden, bei dem es sich, laut polizeilichen Angaben, um eine etruskische Grabkammer handelt. Forscher gehen von einem zweiten etruskischen Friedhof im Umland Cerveteris aus, von dem bis zu Wochenbeginn nichts bekannt war. Das ist betitelt mit: Hund bricht ins Erdreich ein und macht sensationellen archäologischen Fund.«

Sie wedelte sich mit der Zeitung Luft zu. »Ist das nicht eine komische Meldung?« – »Ich weiß, warum du mir das vorliest«, erwiderte ich, »du willst mich ins Etruskermuseum schleifen.« Sie sprach in diesen Tagen ja laufend von einem Buch, das sie ins Deutsche zu bringen beabsichtigte: »Magie, Politik und Sex bei den Etruskern«. – »Du hast es erraten«, entgegnete sie, »Freitag, Punkt zehn, stehen wir vor der Villa Giulia.« – »Ist Freitag nicht morgen?« versetzte ich murrend.

Sie verschob den Besuch im Etruskermuseum und wollte lieber ans Meer fahren. Wir mieteten uns einen Fiat beim Autoverleih, mit dem sie mich zu einem Badestrand dirigierte, der an diesem strahlenden Maitag fast menschenleer war. Wir schwammen und lasen, bis ich meinen Sonnenhut tief in die Stirn zog und einschlief. Als ich erwachte und aufstand, war sie im Wasser, ein verschwimmender, winkender Fleck in der Ferne. Kupferrot war der Mond, der am Horizont hochrollte und seinen Schein auf die schwappende See warf. Ja, platt und tiefschwarz klatschte sie ans Ufer, als sei sie aus fettem Petroleum. Ein schwacher, behaglicher Schwindel erfaßte mich und ich blickte mich zu meinen Fußspuren um, die in der Dunkelheit phosporeszierten.

»Warst du in Sorge um mich?« fragte Claire, als sie zu mir auf das Handtuch plumpste und ich den Duft einsog, den sie verbreitete. »Keine Minute«, erwiderte ich. Das stimmte, ich war nicht besorgt gewesen, als ich sie aus den Augen verloren hatte, diesen hopsenden Kopf auf dem Wasserspiegel, der mich an eine Boje erinnert hatte. »Das sollte mich mißmutig machen«, entgegnete sie. »Und? Macht es dich mißmutig?« wollte ich wissen. »Wenn ich ehrlich bin, nein«, sagte sie und kroch auf mich, »trotz der Haifische, die mir in Scharen begegnet sind und an meinen Zehen knabbern wollten.« Sie hielt meine zappelnden Arme fest, die sie am Handgelenk packte und eisern umklammerte, mit dem Hinterteil thronte sie auf meinen Beinen. Ich hatte bisweilen Bekanntschaft gemacht mit Claires Kraft, die man der schmalen Erscheinung nicht zutraute, sie wirkte zerbrechlicher, als sie in Wirklichkeit war. »Du bist glibbrig und kalt«, schnaubte ich, »laß mich los.«

Wir balgten im Sand, zwischen Muscheln und Strandgut und schwarzem, vertrocknetem Tang. »Nein, ich trau' mich nicht«, wehrte sie ab und sprang auf. »Was hast du, wir sind allein«, sagte ich heiser, »ich kann weit und breit keinen Spanner entdecken!« – »Vergiß nicht den Mann im Mond«, widersprach sie, »erstens glotzt er uns aufdringlich an, zweitens ist er katholisch, das kann ja nicht anders sein in diesen Breiten, und außerdem habe ich Hunger. Erst muß ich mir meinen Bauch vollschlagen. Sex vor dem Essen, das sage ich dir, ist schlechter als rauchen auf leeren Magen!« Und als wir ins Pensionszimmer heimkehrten und ich ins Bad laufen wollte, um mich zu waschen, schubste und kitzelte sie mich aufs Bett. Sie liebte es, wenn ich verschwitzt war und voller Sand und unsere Haut aneinanderklebte.

Sie schleckerte in meinem Nabel und drehte mich um, um mich zu beschnuppern und abzulecken, kitzelte mich in der Pofalte, hob meinen Hintern hoch, lutschte und nuckelte an meinem Hoden und robbte sich hoch, um mit mir einen Kuß auszutauschen, einen knirschenden, salzigen, mahlenden Kuß. »Schmeckst du das?« kicherte sie, »das bist du.« – »Ja«, erwiderte ich mit belegter Stimme. Sie setzte sich auf und betrachtete mich. »Du weißt, was das heißt, nicht wahr?« fragte sie lauernd und bohrte sich mit einem Zeigefinger, den sie wild auf- und abdrehte, in der Backe. »Ich weiß es nicht«, mußte ich zugeben. »Falls du das annehmen solltest, es ist keine Schweinerei.« Ich griff nach dem Taschentuch, das auf dem Nachttischchen lag, spuckte Speichel und Sand aus und brummte:

»Wie sollte ich? Ich bin ein sachlicher Mensch!« Claire mußte lachen: »Wie recht du hast! Und es bedeutet nichts anderes als: Es schmeckt himmlisch, schlicht klasse, verstehst du?« Und summte den Schlager: »Ich bin eine Naschkatze, Rudi / Und du bist mein Leib- und mein Magengericht! / Ich hasche nach dir mit der Naschtatze, Rudi / Meine Krallen sind rot und verfehlen dich nicht!«

Gegen Mitternacht rollte ich mich aus dem Bett, tappte ans Fenster, entriegelte einen Laden, um Frischluft ins Zimmer zu lassen. Zwischen den Dachpalmen der Nachbarterrassen hing der glotzende, gelbliche Mond. »Er hat uns bis zur Pension verfolgt«, sagte ich. »Klar«, erwiderte Claire, die sich bibbernd im Laken verkroch, »ein Spanner von Gottes Gnaden. Schamrot ist er allerdings nicht mehr. Eher etwas bleich um die Nasenspitze. Er mußte ja peinliche Dinge mit ansehen, nicht wahr?«

Diese anderthalb Wochen verstrichen im Flug, und erst in der Nacht vor dem Heuschnupfenanfall, der mich ins Pensionszimmer einsperren sollte, war sie auf einmal verschlossen und scheu. Wir aßen in dieser Nacht auf einem kleinen Platz unweit vom Campo dei Fiori. Sie war einsilbig, zeichnete mit einem Messer Figuren ins graue Papier, das dem wackligen Holztisch als Tischdecke diente, nahm kleine Schlucke vom Weißwein im Wasserglas, knabberte an einer Brotrinde.

Erneut nahm sie sich eine Brotscheibe aus dem Korb und rollte das Weiche zu Kugeln zusammen, die sie um Karaffe und Teller verteilte, bis sie sich zu einem Herzen vereinten. Als einer der Kellner den Stockfisch an unseren Tisch brachte, mit einem Scherz auf den Lippen, den ich nicht verstand, sammelte sie mit verlegenem Kichern die Brotkugeln ein und ließ sie im Beutel verschwinden, der an der Stuhllehne baumelte.

Um meine Beunruhigung zu verbergen, biß ich in den Stockfisch, den man mit den Fingern aß, verbrannte mir Zunge und Gaumen, schnappte nach Luft und wischte mir das aus dem Teigmantel fließende Fett vom Kinn, hastig, verstohlen. Claire starrte minutenlang auf den Teller und faßte das Essen nicht an. Ich konnte mich nicht mehr beherrschen. »Ich dachte, du bist sterbenshungrig«, bemerkte ich kauend und mit einer auffallend zittrigen Heiterkeit, die sie beschwichtigen sollte, falls sie meine Worte als Vorwurf empfand. Sie hob den Kopf und betrachtete mich mit diesen lebendigen, schwarzen Augen, die freundlich und nachdenklich wirkten.

»Johannes, was sagst du zu einem Kind?« erkundigte sie sich mit kratziger Stimme. Ich kann nicht sagen, warum ich erschrak. War es diese Aussicht, ein Lebtag mit Claire verbunden zu bleiben, wenn wir erst ein Kind hatten, mit einem Menschen, der mich an sich band, indem er sich wieder und wieder entzog? Dieses Nichtverstehen trieb mich ja an, und das wußte sie, es erregte mich, je verwirrender sie sich benahm, um so wilder begehrte ich sie. Sie merkte mir meine Beklommenheit an. »Was ich zu einem Kind sage?« stammelte ich und hatte den Zeitpunkt verpaßt, um zu antworten.

Trotzdem war sie befangen, als wir zur Pension heimkehrten – oder bildete ich mir das ein? Sie blieb nicht stumm, als sie an meiner Seite lief, und plauderte angeregt von einem Essen, bei dem sich der Bischof verrenkt und vor Aufregung Hemd und Krawatte bekleckert hatte, um von einem Mann im Lokal nicht bemerkt zu werden, der aus dem Familienkreis seiner Frau stammte. Wie er einen Gang des Onkels zur Toilette benutzt hatte, um vom Stuhl aufzuspringen und sich aus dem Staub zu machen, das schilderte sie mit bizarrer Komik, diesem grausamen Witz, dem ich mich nicht entziehen konnte. Er mißfiel mir – mißfiel mir in diesen Minuten – und reizte mich trotzdem zum Lachen. Sie wies mich nicht ab, als ich sie umarmte. Und sagte, als wir ins Pensionszimmer traten: »Du nimmst mich zu ernst, Jo, das solltest du endlich begreifen. Du nimmst mich immer zu ernst.«

Ein Heuschnupfenanfall am kommenden Vormittag zwang mich, unseren Stadtbummel vorzeitig abzubrechen. Claire besorgte ein Medikament aus der Apotheke, das mir geringe Erleichterung verschaffte. Wieder ausgehen wollte ich nicht und verkroch mich im dunklen Pensionszimmer. Fiebrig, erledigt lag ich auf dem Bett und lauschte den Stimmen der Putzfrauen im Korridor, dem Kommen und Gehen am Empfang. In der Nachbarschaft quakte ein Kind, um die Mittagszeit drang mir Klavierspiel ans Ohr – Beethovens »Elise« bis zum Erbrechen. Bisweilen verfiel ich in einen Halbschlaf, aus dem ich verschwitzt und zerschlagen erwachte, schlurfte zum Wasserhahn, um zu trinken und mein verschwollenes Gesicht zu waschen, oder erfrischte mich mit einer Dusche.

Gegen sechs oder sieben kam Claire aus der Stadt, hockte

sich auf den Bettrand und nahm meine Hand. Sie erkundigte sich, was ich essen wolle, holte zwei Pizzen und ließ sich vom Apotheker ein anderes Medikament empfehlen, das angeblich wirksamer war. Und als wir aßen, berichtete sie, was sie in den vergangenen Stunden erlebt hatte, mitteilsam, munter und liebevoll. Und vor dem Einschlafen bot sie mir an, am anderen Tag in der Pension zu bleiben. »Willst du dich aufopfern«, frotzelte ich, »um mir ein schlechtes Gewissen zu machen?« – »Mistkerl!« schimpfte sie, mit einem Kissen schmeißend. »Okay«, maulte sie, sich zur Seite drehend, »du hattest ja eh keine Lust zum Etruskermuseum, das mache ich besser allein.«

Am folgenden Abend kam sie erst um acht ins Pensionszimmer, erhitzt und bepackt mit zwei prallen Papierbeuteln, die sie auf dem Sessel abstellte. »Und was macht mein Patient? Keine Besserung?« wollte sie wissen. »Johannes, du mußt sie dir anschauen, du mußt!« rief sie aufgeregt, ehe ich antworten konnte, sprang aufs Bett, nahm im Schneidersitz neben mir Platz, »dieses Paar aus Cerveteri ist ein Erlebnis! Erinnerst du dich an das Liebespaar, das du vor einer Ewigkeit von mir bekommen hast, diese kleine Skulptur aus Gips, die ich dir schickte?« Und ob ich mich an sie erinnern konnte. »Du mußt dir das Original anschauen!«

Vor begeisterter Mitteilungslust packte sie meine Hand und sprudelte los, ohne Punkt und Komma. »Sie sind von einer Innigkeit, die mich ergriffen hat. Ich mußte mich richtig zusammennehmen, um nicht zu flennen. Und das bei mir, die nicht heulen kann!« Ja, das stimmte, sie konnte nicht weinen, sie bog jeden Kummer in Komik und Heiterkeit um. »Und diese antiken Moralapostel, die uns einreden wollen, beim Etruskervolk habe nichts anderes als Fressgier und Wollust regiert. Ich habe ja nichts gegen Fressgier und Wollust«, versetzte sie lachend, »das weißt du, es macht mich ja an, wenn man Essen mit Sex, Sex mit Essen verbindet. Und diese Leutchen, die konnten das. Sie aßen im Beisein von Sklaven und Sklavinnen, die gut aussehen und splitternackt sein mußten, und ergingen sich am Schluß in erotischen Spielchen. Und das war keine Auflehnung gegen moralische Regeln und strenge Verbote. Diese Lust hatte nichts mit dem Kitzel zu tun, den man bei der Nichtachtung drohender Strafen empfindet oder wenn man den Tod auf die Schippe nimmt. Im etruskischen Jenseits bestieg man sich ohne Hemmungen, wie man an den Fresken Tarquinias erkennen kann. Pornographie in der Grabkammer, stell dir das vor!, nichts von geschlechtslosen Engeln und ewiger Langeweile.«

Sie hopste vom Bett, holte sich Zigaretten und Feuerzeug und einen Zug nehmend setzte sie sich wieder neben mich. »Und trotz dieser freien und rauschhaften Sinneslust herrschte kein Mangel an reifen Empfindungen.« Sie blickte versonnen auf den Rauchfaden, der vom Papier aufstieg. »Dieses Ehepaar hat keine Furcht vor dem Tod, er kann sie nicht auseinanderreißen. Sie bleiben im Jenseits beisammen, verstehst du?, sie bleiben als liebende Wesen beisammen. Im Abschied verbirgt sich kein Schmerz, sie werden sich wieder und wieder vereinen.« Sie wischte sich Asche vom sonnengelben Kleid. »Du mußt sie dir anschauen, Jo«, wiederholte sie, »es ist zu schwer, das zu schildern.«

Ob es der Rauch war, der in Claires Augen biß? Rasch rieb sie sie mit den Fingern trocken und begann, die Papierbeutel auszupacken, legte zwei Weißbrote auf den Tisch, einen Basilikumstrauß, frischen Mozzarella, Tomaten und einen Keil Parmesan, brachte verschiedene Schachteln zum Vorschein, die eingelegte Sardinen enthielten, Auberginen, Artischocken und Paprika, und stellte zum Schluß eine Flasche mit Rotwein aufs Fensterbrett. »Tischleindeckdich«, bemerkte sie heiter und wandte sich zu mir um, »du mußt hungriger sein als ein Wolfsrudel. Und ich werde inzwischen ein Bad nehmen.« – »Willst du mir keine Gesellschaft leisten?« – »Ich stinke ja, Lieber«, versetzte sie lachend, »soll ich dir den Appetit verderben?« – »Ach was«, sagte ich, meine Hand ausstreckend, der sie sich mit einer flinken Bewegung entwand.

Anderthalb Stunden verbrachte sie in der Wanne, und als sie wiederkam, war es fast dunkel im Zimmer. Sie tappste zum Koffer, aus dem sie ein Nachthemd kramte, ließ das Handtuch zu Boden fallen und zog sich an. Vorsichtig kroch sie ins Bett, um mich nicht zu wecken, drehte sich auf die andere Seite und zuckte zusammen, als ich sie von hinten umarmte. »Warum brauchst du ein Nachthemd? Das brauchtest du nie.« – »Bitte nicht!« sagte Claire mit flehender Stimme, und sicherer: »Du mußt erst gesund werden.« Ich preßte mich an sie und zerrte am Nachthemdstoff. »Bitte nicht«, wiederholte sie, »laß mich.«

Ich rollte mich wieder aufs Kissen und starrte zur Wand,

an der silbrige Mondstreifen hingen. »Und was war mit dem Kind?« fragte ich, als sie ruhiger atmete. Sie kam neben mir hoch, zog das Nachthemd zurecht. »Ach, *das* ist es!, *das* kannst du nicht vergessen!«, sagte sie glucksend und faßte mir mit einer Hand in den Schopf, »du machst mehr aus der Sache als ich.« Sie lehnte sich an meine Schulter. »Du bist ein Esel, und ich bin ein Schaf. Diese Idee mit dem Kind, das war eine Laune, du kennst meine Launen, nicht wahr? Und schwanger, das bin ich nicht, falls du in Sorge sein solltest. Nicht von dir – oder denkst du von einem anderen? Ach, dein Gesicht ich habe mich wieder verplappert, und du schaust aus wie ein Faß saure Gurken. Ich schlafe mit niemandem außer mit dir, Himmelherrgott. Reicht dir das nicht?«

Sie ließ sich im Sessel beim Fenster nieder und stopfte sich mit den Resten meines Abendbrots voll, nicht ohne sich absichtlich zu bekleckern, mit Sardinen-, Auberginen- und Paprikatunke, milchigem Mozzarellasaft, Rotwein, Olivensud, und bespuckte mich mit zwei Olivenkernen, als ich mich anschickte, etwas zu sagen. »Du mußt mir nichts versichern, Johannes. Ich weiß, du bist nicht in Sorge«, versetzte sie kauend, »und kannst es dir vorstellen, mit mir ein Kind zu haben. Das wolltest du sagen, nicht wahr?« Ich nickte beklommen – und sie lachte. »Wir sprechen nicht mehr, das bekommt uns nicht«, meinte sie, pulte im Weißbrot und saugte am Flaschenhals. »Du mußt immer ans Paar aus Cerveteri denken, das den Tod nicht als Grenze empfindet. Versprichst du mir das?« Ich bejahte. »Gut«, sagte sie heiser, »wenn du es versprichst«, streifte

das Nachthemd ab, kniete sich vor mich und zog beide Pobak-
ken auseinander, um sich mit vor Olivenfett triefenden Fingern
den dunklen Muskelring zu massieren, bis er glitschig und
weit genug war. Claires Haar kippte in einem Schwung auf den
Steinboden. »Und jetzt will ich es, will ich es unbedingt«, lockte sie mich von der Bettkante aus, »du mußt in mich kommen,
Liebster. Komm in mich.«

Am anderen Tag war ich heuschnupfenfrei und vergaß
meine schlaflose Nacht. Als sie mir vorschlug, wir sollten uns
trennen – sie hatte vor, einen Einkaufsspaziergang zu machen,
bei dem meine Gegenwart hinderlich war, »wenn ich Schuhe
und Kleider probiere, bist du mir ein Klotz am Bein« –, hatte
ich keine Bedenken. Nein, an Claires Verhalten war nichts, was
mich warnte. Wir verabredeten uns zum Mittagessen in dem
Lokal, das wir vor ein paar Tagen besucht hatten, wo man nichts
bekam außer Stockfisch im Teigmantel, weiße Bohnen und
Salat mit Sardellenpaste, auf den sie besondere Lust hatte. »Um
halb zwei«, sagte ich, »laß mich nicht wieder warten«, und
scherzte: »Soll ich dir zur Sicherheit meine Uhr leihen?« Sie
schob sich die Sonnenbrille ins Gesicht, warf mir eine Kußhand zu, eilte zur Ecke am Corso, wo sie in die Menge ein-
tauchte, ohne sich umzudrehen und mir zu winken.

Ich stieg in den Bus, der zur Piazza del Popolo fuhr, um in
die Straßenbahn umzusteigen, die mich vorm Etruskermuseum absetzte. Es war wieder ein strahlender, warmer Maitag,
und ich hockte mich erst auf die neben dem Eingangsportal an
der Mauer verlaufende Marmorbank. Ich lauschte den Grillen,

genoß es im Schatten zu sitzen, sog den Duft von Oleander und Pinien ein.

Bestimmt eine Stunde verbrachte ich auf dem Sockel, bis ich mich aufraffte und ins Museum marschierte. Ich hielt mich nicht auf vor den Glasvitrinen, die etruskischen Grabschmuck enthielten, Halsketten mit goldenen Pinienzapfen und Armreifen, die sich zu Schlangen zusammenbogen, Edelsteinbroschen und Haarnadeln, die in einem goldenen Eulen- oder Widderkopf endeten; vor Tellern und Vasen in den Regalen, die mit stampfenden Pferden bemalt waren, Elefanten und Kriegern, die Speere warfen, Herakles mit dem grausamen Zerberus, vor dem sich Eurystheus entsetzt in den Krug rettet; vor Bronzehelmen und Alabasterurnen, Schatullen und Amphoren, Votivfiguren, Amazonen, Silenen und Gorgonengrimassen mit hechelnder Zunge und feixenden Augen.

Endlich betrat ich den runden Saal mit dem aus Cerveteri stammenden Sargdeckel, einem niedrigen Diwan, auf dem sich das Ehepaar ausstreckte. Jeweils mit dem linken Arm auf einem Kissen ruhend – zwei weichen, mit Quasten versehenen Kissen – richteten sie sich halb auf. Sie wirkten lebendig, beinahe ansprechbar, was ich an der Imitation nicht bemerkt hatte, als wollten sie einen Besucher empfangen oder seien bereit, sich mit Speisen bewirten zu lassen, und gleichzeitig strahlten sie eine vollkommene Ruhe aus. Nein, nichts Schweres, Vergebliches haftete an diesem Paar, das heiter – ja mit einer Heiterkeit, die mir verschmitzt vorkam – in eine Welt schaute, die es ohne Bedauern verlassen hatte.

Sein rechtes Handgelenk lag auf der Schulter der Frau, federleicht, ja gewichtslos, die linke Hand streifte den Unterarm, und mit der Innenseite zeigte sie offen nach oben. Seine Frau mußte etwas gehalten haben, einen schmalen, zerbrechlichen Gegenstand, den sie mit den Fingern der Rechten umfaßt hatte. Er war barfuß und bis zu den Rippen entkleidet, sie steckte in einem leichten Gewand – in der Ewigkeit mußte es angenehm warm sein. Sie wandten sich zwar nicht einander zu, und trotzdem bewiesen sie eine Verbundenheit, die nicht zarter, nicht inniger sein konnte. Claire hatte recht, diese beiden empfanden den Tod nicht als Grenze, im Abschied verbarg sich kein Schmerz, ja, nicht eine Spur von Verzweiflung und Kummer.

Eine Gruppe Touristen, die sich zwischen mir und dem Sargdeckel breit machte, scheuchte mich auf. Erschrocken betrachtete ich meine Armbanduhr. Ich hatte bald anderthalb Stunden im Saal verbracht, es war viertel vor eins, und ich mußte mich sputen, wenn ich um halb zwei in der Innenstadt sein wollte. Als ich zur Treppe lief, prallte ich hart gegen einen der Museumsbediensteten in graublauer Uniform, den ein Gorgonenhaupt in der Vitrine verdeckt hatte, und riß den Mann beinahe um. Er musterte mich mit verzerrtem Gesicht, halb erschrocken, halb vorwurfsvoll, stieß einen Fluch aus und faßte sich an seine Schulter.

Ich bekam erst im Treppenhaus keine Luft mehr. Eine Minute verschnaufte ich auf den Stufen, bis der Mann mich erreichte und mir auf die Beine half. Ob alles in Ordnung sei, wollte er wissen. »Wer es eilig hat, heißt es bei uns, der muß schlendern«, bemerkte er blinzelnd, als er mich zum Ausgang begleitete. Er sagte das wieder und wieder mit freundlichem Eifer, bis ich seinen Ratschlag verstand.

Um viertel vor zwei sollte ich im Lokal sein. Alle Tische im Freien waren besetzt. Ich lehnte mich an einen Poller und schaute zur Kirchturmuhr hoch, die auf zwanzig vor sechs stand. Ein Gast, der sein Essen alleine verzehrt und mich aufdringlich angestarrt hatte, erhob sich und warf ein paar Geldscheine auf den Tisch. Er nickte mir zu, als er aufbrach. Nahm er an, mich zu kennen? Nein, das war es nicht. Er sah in mir einen Komplizen, der ohne Begleitung sein Mittagsmahl einnehmen mußte. Beunruhigt ließ ich mich auf seinem Klappstuhl nieder, wischte die Brotkrumen von der verfleckten Papierdecke, schob seine Teller beiseite. Es war unsinnig, mit der Bestellung zu warten. Claire konnte in einer Minute auftauchen oder in einer Dreiviertelstunde, ich kannte sie ja und war außerdem hungrig.

Bis um drei kam sie nicht ins Lokal. Sie mußte sich wieder verbummelt haben, und in der Annahme, mich nicht mehr vorzufinden, hatte sie sich vermutlich schnurstracks zur Pension begeben. Oder ich hatte sie mißverstanden und mich im Treffpunkt vertan. Eher verstimmt als besorgt zahlte ich meine Rechnung, um mich auf den Heimweg zu machen.

Ich empfand einen stechenden Schmerz von Verlassenheit, als ich sie nicht im Pensionszimmer antraf. War ich nicht dauernd von Mißtrauen zerfressen gewesen, einem Mißtrauen, das sie nicht verdient hatte? Hatte ich sie nicht mit Zweifeln verfolgt, die niemals berechtigt gewesen waren und sich als blind und verletzend erwiesen hatten? Ja, ich hatte sie mit meinem Zweifeln verletzt, und das durfte sich nicht wiederholen. Ich traute dem Schmerz nicht, der sich in mir breitmachte, diesem dumpfen, verzweifelten Schmerz. Er warf mich aufs Bett, das beim Aufprall zur Wand knallte, ich kam wieder hoch, lief ins Bad, riß am Wasserhahn und ließ mein Zahnputzglas volllaufen, um es mit gierigen Schlucken zu leeren.

Beim verschlafenen Sohn des Pensionsbesitzers, der am Empfang in der Diele hockte und in seiner Nase bohrend Zeitung las, erkundigte ich mich vergeblich nach einer Nachricht. »Ein Zettel?« Er wußte nichts von einem Zettel. »Oder ein Anruf?« Er kratzte sich an seinem Hinterkopf, blickte zur Decke, verneinte und betrachtete mich halb beleidigt, halb mißmutig, als ich seinen Vater zu sprechen verlangte. Sein Vater?, der sei nicht zu Hause, antwortete er und wandte sich wieder der Sportzeitung zu, die er hochielt, um sich von mir abzuschotten.

Gegen halb acht, als ich von der erfolglosen Suche am Corso erneut in der Diele eintraf, stieß ich auf den Besitzer, der mich mit einem Wortschwall empfing. Es dauerte, bis ich verstand, warum er mich bedauerte. Es handelte sich um ein Fußballspiel, das Werder Bremen in Mailand verloren hatte. »Eine vernichtende Niederlage«, wiederholte er mit einem Anflug von Schadenfreude. Er war nicht zufrieden mit meiner Entgegnung, ich sei nicht aus Bremen, das jucke mich nicht. Verstimmt ließ er sich auf dem Drehsessel nieder und kramte in seinen Papieren. Nein, er fand keine schriftliche Mitteilung, und an einen Anruf am Vormittag oder zur Mittagszeit konnte er sich nicht erinnern. Wo meine Frau sei, erkundigte er sich listig und bedachte mich mit einem frechen Blinzeln, als ich nichts erwiderte und meine Arme hob.

Mein Mobiltelefon hatte ich nicht bei mir. Ich hatte es in der Kanzlei liegen lassen, um nicht erreichbar zu sein und mir nicht meinen Urlaub vermiesen zu lassen, sei es von einem erregten Klienten, der in seiner Prozeßsache Druck machen wollte, sei es von meinem neuen Partner, der sich vor sechs Monaten, nach bestandendem Staatsexamen, bei mir beworben hatte und nicht besonders erfahren war. Wieder empfand ich den Schmerz von Verlassenheit, der meine Kehle zusammenpreßte, als ich ins verdunkelte Zimmer trat, zum Fenster lief und einen Laden entriegelte, meine Schuhe abstreifend den Schwalben zuschaute, die um Terrassen und Hausmauern schossen. Ich packte das Telefon, das auf der Nachttischkonsole stand, ließ mich im Sessel beim Fenster nieder und stellte es auf meine Knie. Es war aussichtslos, in der Kanzlei anzurufen, um diese Zeit mußte mein Partner bereits auf dem Heimweg sein.

Um so erstaunter war ich, als er abhob. »Oh, Sie sind das«, sagte er hocherfreut und machte Anstalten, mir einen Fall auseinanderzusetzen, mit dem er nicht klarkam. Ich bemerkte an mir eine kindische Freude, als ich seine Stimme vernahm, eine Freude, die rasch in Verbitterung umkippte. Herrischer, als ich beabsichtigt hatte, fiel ich meinem Partner ins Wort. »Haben Sie keine Nachricht von meiner Freundin?« Er wirkte erschrokken und tat mir fast leid. »Wieso? Das verstehe ich nicht. Ich dachte, Sie seien zusammen im Urlaub.« – »Sie ist verschwunden«, erwiderte ich und berichtete, was sich ereignet hatte. »Und wenn es ein Unfall war?« stammelte er voller Furcht, etwas Falsches zu sagen.

Nein, ich glaubte nicht an einen Unfall bei Claire, die sich in der Stadt bestens auskannte und nicht der Mensch war, der blind in ein Auto rannte. Sie war nicht unachtsam oder zerstreut. Eher hatte ich sie im Verdacht, sich von einer Minute zur anderen entschieden zu haben, mich im Pensionszimmer sitzen zu lassen, zum Bahnhof zu eilen und in einen Zug zu steigen, sei es, um sich eine Ausstellung anzusehen, von der sie erst heute erfahren hatte, sei es, um ein paar Tage in Mailand zu bleiben, wo sie aus der Studienzeit eine Handvoll Bekannter und Freunde besaß. Ja, mit dem Geld, das sie von mir erhalten hatte, um neue Schuhe und Kleider zu kaufen, konnte sie sich einen Fahrschein besorgt haben.

Ich zuckte zusammen, als das Telefon auf meinen Knien zu rasseln begann. Am anderen Ende war wieder mein Partner, den ich inzwischen beauftragt hatte, mein Mobiltelefon aus der Schreibtischschublade zu kramen, in der ich es vergraben hatte, und den Anrufbeantworter zu kontrollieren. »Leider nichts, bis auf drei oder vier Klienten. Und andauernd ich«, sagte er mit verlegenem Husten, »ich dachte, Sie haben es bei sich.« Erneut trat ich ans Fenster und folgte dem Fledermausschatten, der um die gelblichen Lampen huschte, die an im Meereswind schaukelnden Stahlseilen von Mauer zu Mauer befestigt waren.

Am westlichen Horizont hing ein verglimmender Streifen, und der Mond war ein schimmerndes Ei in der tiefblauen Luft. »Das ist ein Spanner von Gottes Gnaden«, kicherte Claire, als sei sie im Zimmer, und ich drehte mich unruhig um.

Ich hob ein bekleckertes Nachthemd auf, das sie achtlos zu Boden geworfen hatte, um es behutsam zusammenzufalten und in ein Schrankfach zu legen. Zwei Schuhpaare, die vor Claires Nachttischchen lagen, stellte ich ordentlich nebeneinander, und ein Taschentuch auf dem Etruskerbuch warf ich in den Papierkorb. Ich klappte das Buch auf, das sie bis zur Mitte mit Kommentaren und Strichen versehen hatte, in der schwungvollen und schlenkernden Handschrift, die mir vertraut war und vor meinen Augen verschwamm. Zog an der klemmenden Nachttischschublade, die ein paar fliegende Zettel enthielt, einen Lippenstift und einen Apfelkrotzen, Feuerzeuge, zwei Stifte und billigen Modeschmuck, Reisepaß, Fahrscheine, Eintrittsbilletts, einen Pfirsichkern, Haarspangen und Kleingeld.

Ich starrte den Radiowecker an und war im Begriff, seine Leuchtzifferanzeige von sechs Uhr sieben auf Mitternacht umzustellen. Erschrocken ließ ich meine Absicht fallen, lief ins Bad und rasierte mich, nahm eine Dusche und kleidete mich wieder an. Ich bekam keine Luft mehr in diesem Zimmer, das mich mit seinem Schweigen verschluckte. Ich verließ es, um einen Spaziergang zu machen, und kehrte nach zwanzig Minuten um, es konnte ja sein, und sie wollte mich dringend erreichen, um mir mitzuteilen, wo sie sich aufhielt. Als ich im Fahrstuhl zur vierten Etage schwebte, stellte ich mir Claires singende Stimme vor, diese Stimme, mit der sie mich streicheln konnte. »Es war nichts als ein Scherz, Jo, beruhige dich. Ich treffe am Mittag im Hauptbahnhof Termini ein, und du wirst mich abholen, nicht wahr?« Ich zerrte am eisernen Fahrstuhlgitter, schloß die Pension auf und eilte ins Zimmer. Warf meine Jacke ab, fiel in den Sessel und stellte das Telefon auf meine Knie. »Ja«, sagte ich schluckend, »ich werde dich abholen«, und lachend, »was sollte ich sonst vorhaben? Eine andere Verabredung habe ich nicht. Claire«, sagte ich, »Claire«, es erleichterte mich, wieder und wieder Claires Namen auszusprechen, bittend, behutsam und zuversichtlich.

Am anderen Vormittag eilte ich zum Polizeirevier. Es erwies sich als schwierig, dem Uniformierten in seinem verglasten Kabuff vor der Einfahrt beizubringen, worum es mir ging. Ich sprach zu schlecht Italienisch, das war das eine. Und in meiner Benommenheit fiel es mir schwer, ins pfeifende Mikrophon vor meinen Lippen zu sprechen. Vollkommen teilnahmslos blickte er mir ins Gesicht. Als ich bereits aufgeben wollte, verlangte er meinen Paß, den er zu einem Stapel mit anderen Ausweisen legte, und bekritzelte flink einen Zettel, auf dem eine Reihe von Zahlen zu lesen war, Aufgang, Etage, drei Zimmernummern. Ich bedankte mich mit einem Nicken, das er nicht erwiderte, und stieg ins erste Stockwerk. Auf dem Flur wartete rund ein Dutzend Personen.

Ein Platz auf der Holzbank war frei, und ich setzte mich. Eine magere Topfpalme stand in der Ecke beim Flurfenster, und trotz der benachbarten Aschenkugel, aus der ein sich ringelnder Rauchfaden aufstieg, wimmelte es auf der Topfpflanzenerde von Kippen.

Endlich winkte mich ein Beamter zu sich ins Zimmer. Er nuschelte etwas, das ich nicht verstand, und als ich erwiderte, »meine Freundin«, brach er in Heiterkeit aus. Als er meine Verwirrung bemerkte, beherrschte er sich, nahm mich am Arm und bugsierte mich in einen Seitentrakt, wo er einen Kollegen zu Hilfe rief, den er in unseren Wortwechsel einweihte. Bei dieser Gelegenheit konnte ich folgen. In der Meinung, es handele sich um einen Diebstahl, den ich zur Anzeige bringen wolle, hatte er sich erkundigt, was von meinen Wertsachen fehle. Sein Kollege, der kurz vorm Pensionsalter stehen mochte, blieb vollkommen ernst und entgegnete nichts. Aus einem Spind an der Wand holte er Formulare, die er in seine Schreibwalze einspannte, und schaute mich ruhig aus warmen, aufmunternden Augen an.

»Mit diesen Dingern kann ich nicht umgehen. Ich bin ein Dinosaurier, wissen Sie«, meinte er zwinkernd und wies mit dem Kinn zum Computerschirm, der in einer Fußbodenecke verstaubte, »und dieses Zimmer, das ist eine Abstellkammer.« In der Tat, es war winzig und kahl, und vorm schmierigen Fenster befand sich ein Gitter. »Sie sprechen Deutsch«, sagte ich erstaunt. Er wehrte bescheiden ab. »Fehlerhaft, grauslich, ich habe inzwischen das meiste vergessen. Meine Frau, die war Deutsche«, er spielte versonnen am Ehering, »ich habe sie leider verloren.« – »Sie war krank?« fragte ich, als er abwinkte und mich anscheinend mit seiner Geschichte verschonen wollte.

»Nein«, erwiderte er, »sie starb bei einem schweren Verkehrs-
unfall. Und ich saß am Steuer, verstehen Sie? Lassen wir das«,
wieder reckte er sich, »und berichten Sie mir, was passiert ist.«

Sein ernstes Verhalten beruhigte mich. Ja, meine Anspannung fiel von mir ab, als ich redete und er mit zwei Fingern auf
seine Maschine einhackte, um ein Protokoll zu erstellen und
anschließend Claires Personalien aufzunehmen. »Und hatte sie
ein Dokument bei sich? Ausweis, Kreditkarten, diese Dinge.
Machen Sie sich keine Sorgen«, bemerkte er abwiegelnd, »das
ist der Kram, den ein Polizist wissen muß.« Ich hatte Claires
Paß in der Nachttischschublade entdeckt – ob sie den Ausweis
zu Hause vergessen hatte, zusammen mit Kreditkarte, Geld
und Adressbuch, beim hastigen Aufbruch vor vierzehn Tagen,
als sie mich bereits um zwei Stunden versetzt hatte und vor Mitternacht in meiner Wohnung sein wollte, um mich nicht zu ver-
drießen, das wußte ich nicht.

»Hatten Sie Streit? Sie verstehen, wo ein Streit vorliegt, ist
es logisch ...«, er brach seinen Satz in der Mitte ab und ruderte
mit beiden Armen. »Nein«, erwiderte ich mit Entschiedenheit,
einer Entschiedenheit, die in Beklommenheit umkippte, als
mir mein Besuch im Etruskermuseum einfiel, und ich starrte
verlegen zu Boden. Es war zu schwierig, dem Mann, der mich
aufmerksam musterte und meine Beklommenheit erkannt haben mußte, auseinanderzusetzen, was in mir vorging. Meine
Vermutungen und Zweifel waren zu verwickelt und nicht zu
verstehen, wenn man Claire nicht kannte. Und ich mochte
mich außerdem irren. Es konnte sich um einen Unfall han-

deln, um einen banalen und schrecklichen Unfall. »Nein«, wiederholte ich standhaft, »wir haben uns nicht zerstritten.« Nickend zog er das Blatt aus der Schreibwalze seiner Maschine, um es mir zur Unterschrift vorzulegen.

Erst, als er mich bis zur Treppe begleitete, fiel mir sein schleifendes Bein auf. »Es ist eine viel zu geringe Strafe, nicht wahr?« sagte er, meinen Augen folgend, »oder nicht«, widersprach er sich in einem Atemzug, »am Leben zu bleiben, kann von allen Strafen die schlimmste sein.« In seiner Stimme schwang keine Verbitterung mit, sie klang einfach abgrundtief traurig. »Verzeihen Sie«, meinte er mit einem Schulterklopfen, »wenn ich Deutsch spreche, kommt es mir halt wieder hoch. Und melden Sie sich, falls Sie Hilfe brauchen. Ich heiße Carlo. Oder lassen Sie sich mit dem ›Witwer‹ verbinden, das ist mein Spitzname bei den Kollegen. Und keine Bange! Wir werden sie finden.«

Als ich aus der Polizeistation kam und mich zum Brunnen am Bordstein beugte, wo ich mein Gesicht in den Wasserstrahl hielt, nahm ich den verzweifelten Schmerz nicht mehr wahr, der sich in den Nachtstunden in mir verkrallt hatte. Ich hatte Vertrauen in diesen Beamten, und sein Versprechen erleichterte mich. »Er findet sie«, sagte ich mir, meine Lippen abwischend und mit meinen Fingern schlenkernd, »er wird sie finden«, und lief zur Pension. Vor dem Eingang entschloß ich mich zu einem Stadtbummel. Es war nicht ratsam, aufs Zimmer zu gehen, das mich mit seiner schwindelerregenden Leere erschreckte, wenn ich es betrat.

Bei meinem Spaziergang zur Villa Borghese klapperte ich eine Handvoll Kirchen ab, die wir zusammen besichtigt hatten, vergewisserte mich in Lokalen und Eisdielen. Das war vollkommen zwecklos, ich wußte es. Falls sie in der Stadt war, hielt sie sich mit Sicherheit nicht an den Orten auf, die ich kannte. Von der Steinbalustrade am Pincio, an die mich lehnte, ließ ich meine Augen zum Tiber schweifen, der sich zum dunstigen Horizont wand. Zwischen vom Seewind bewegten Platanen, die frisch belaubt seinen Biegungen folgten, blinzelten weißliche Kaimauern, glitzerte Wasser. Im Nordwesten erkannte ich eine Gewitterfront, die sich als Gebirge aus blaugrauen Wolken zur Stadt schob. Es war heiß. Ich befreite mich von meiner Jacke und legte sie mir auf den Arm.

In einem Pavillon neben dem Kiesweg erstand ich ein Bier und belegte Brote, die ich auf einer Parkbank im Schatten verzehrte. Abgesehen vom Liebespaar, das es sich auf der benachbarten Wiese bequem gemacht hatte und mich nicht beachtete, war ich allein. Ich knautschte mein blaues Jackett zusammen, bis es zum Kopfkissen taugte, und streckte mich aus. Ein Wildtaubenpaar gurrte sich aus zwei Baumwipfeln zu, und im Gras ratschten Grillen.

Es war ein bewußtloser Schlaf, der mich mit sich riß, und als mich ein Kleinkind mit Steinchen bewarf, die es beharrlich vom Kiesweg graptschte, und mich halb frech, halb erwartungsvoll anstarrte, beließ ich es bei einem Blinzeln und drehte mich stur auf die andere Seite. Erst mit der Stille, die schlagartig einsetzen sollte, erwachte ich aus meiner Ohnmacht und rappelte mich von der Bank hoch. Eine beklemmende Finsternis hing zwischen Palmen und Pinien. Ich schaffte es nicht mehr rechtzeitig zum Pavillon. Aus dem blitzenden Himmel ergoß sich ein Sturzregen, der sich in Hagel verwandelte und aus dem Kiesweg ein klingelndes Xylophon machte.

Ohne mich zu beeilen – ich war sowieso klitschnaß – bewegte ich mich auf den Holzbau zu, den eine mannshohe Hecke verdeckte. Gelber Lampenschein zwinkerte zwischen den Zweigen, und aus den sperrangelweit offenen Fenstern des Pavillons wehten Musikfetzen, bis sie ein krachender Donner verschluckte. Den Kiesweg verlassend, lief ich auf die Wiese, die um meine Halbschuhe schmatzte, und blieb vor der Hecke stehen. Ich lauschte dem Schlager – Claires Lieblingsschlager –, der ohne Text aus dem Radio schepperte: »Ich bin eine Naschkatze, Rudi!« Singend nahm ich meine triefende Jacke, die ich sinnloserweise als Kopfschutz benutzt hatte, faßte sie vorn an den Schultern und schwenkte sie von einer Seite zur anderen. Ja, wir tanzten zusammen im trommelnden Regen und in der gespenstischen Nachmittagsfinsternis, von um Baumwipfel zuckenden Blitzen beleuchtet, bis ich mich in einer Wurzel verhakte und mit dem Gesicht auf die Wiese schlug. Gras und Erde kauend blieb ich am Boden liegen, horchte auf den sich entfernenden Donner, scherzende Kellnerstimmen und einen Radiowalzer, schloß meine Augen und kaute und schluchzte und fror.

Als ich in der Pension eintraf, verdreckt und zerschlagen, in beinahe trockenen Klamotten – ich hatte mich erst in der stechenden Nachmitagssonne vom Platz vor der Hecke erhoben, einer Sonne, die gierig an meinen Klamotten sog, Wiese und Kiesweg zum Dampfen brachte, um Zypressen und Pinien flimmerte –, sprang der Besitzer vom Drehsessel, um mich mit großem Hallo zu empfangen. »Sie sehen nicht gut aus«, bemerkte er zwischen Verschworenheitseifer und Sensationslust und betrachtete aufgeregt meine verschlammten Schuhe, »haben Sie etwas Neues erfahren?« Ich hatte dem Mann dummerweise verraten, Vermißtenanzeige erstattet zu haben. Er bespuckte sein fettiges Brillenglas, um es sich mit einem Hemdzipfel sauberzureiben, und starrte erneut meine schmutzigen Sachen an. Ich blieb stumm, was er mir nicht verzieh. Aufdringlich plappernd verfolgte er mich bis zum Zimmer am Korridorende.

»Wir hatten ein Paar bei uns, das war auf Hochzeitsreise. Er war ein braver angehender Ingenieur und sie eine verlockende Feige, Angestellte im Warenhaus, weiß nicht mehr was. Und stellen Sie sich vor, eines Tages, als er in der Stadt ist, schleppt sie einen anderen Mann zu uns hoch. Sollte ich mich etwa einmischen? Ich bin ja kein Klostervorsteher. Klar, habe ich beide belauscht, muß ja wissen, was in meinem Haus passiert, richtig? Mein Gott, und was hat sie sich fegen lassen. Haben Sie verstanden?«, und als ich verneinte, umklammerte er meinen Arm, um mir seine Geschichte haarklein zu verklickern.

»Und dieser Ehemann hatte ein Horn, das zum Mond reichte, heilige Jungfrau Maria! Und hat nichts mitbekommen, absolut nichts. Er war zu verliebt und zu selig, der Vollidiot. Ich konnte nichts anderes tun«, raunte er mir ins Ohr, »als meine

Putzfrauen zu bitten, am anderen Morgen das Bettzeug zu wechseln. Sie verstehen mich richtig, das soll keine Anspielung sein.« Und in einem Atemzug fuhr er fort: »Wollen Sie abreisen oder bleiben? Leider ist Zimmer Vierzehn ab Mittwoch belegt. Soll ich ein anderes vormerken? Eines mit Einzelbett habe ich frei.«

Am Dienstag flog unsere Maschine nach Deutschland. Ich zerriß beide Tickets in Streifen und Schnipsel, die ich im Papierkorb versenkte. Und am Mittwoch, punkt elf, als ich in meine Kleider stieg – ich war bis zum Morgengrauen wach gewesen –, stand der Besitzer im Flur. Er wedelte sich mit der Sportzeitung Luft zu und redete wild auf mich ein. Er habe ein Zimmer mit Einzelbett frei, wiederholte er, ob ich es mir anschauen wolle. Ohne meine Erwiderung abzuwarten, schnappte er sich Claires Reisekoffer, der nicht richtig verschlossen gewesen war und vor der Schwelle zum Korridor aufspringen sollte. Kleider, Strumpfhosen, Slips und BHs fielen zu Boden, und als er sich auf seine Knie warf, um den Kofferinhalt wieder einzusammeln, stieß ich den Mann hart beiseite.

Strahlend winkte er mich ins benachbarte Zimmer, in dem er inzwischen den Laden entriegelt hatte. »Es ist kleiner, versteht sich, und billiger, muß ja sein, und um keine Spur schlechter, nicht wahr? Ach«, sagte er, »bin ich vergeßlich, das war im Koffer«, und reichte mir eine Visitenkarte, knackte mit seinen Fingergelenken und ließ mich allein.

Mit der Karte im Schoß setzte ich mich aufs Bett. Von unserem Taxichauffeur konnte sie nicht stammen, die war in der Nachttischschublade gewesen. Verwirrt starrte ich auf den fremden Namen. Nein, dieser Mann war mir nicht bekannt, der Claire seine Karte verehrt haben mußte, als sie sich allein in der Stadt bewegt hatte. Sie hatte mir diese Begegnung verschwiegen, sei es, weil sie sie umgehend vergessen hatte, sei es, weil sie zu belanglos gewesen war, zu belanglos, um mich in sie einzuweihen.

Es war eine private Visitenkarte, ohne Firmenname oder Berufsangabe. Ich drehte den weißen Karton in den Fingern, der mit »Sergio Vittorio Barzetti« und einer sechsstelligen Nummer bedruckt war. »Chiamami!«, ruf mich an!, stand auf der anderen, hastig bekritzelten Seite. Verschiedentlich hatte der Kuli versagt, zwei, drei Buchstaben waren verruscht. Anscheinend war er in Sorge gewesen, seine Nummer nicht rechtzeitig loszuwerden.

Ich lehnte mich schwankend ans Fensterbrett. Mir fiel eine von Claires Sticheleien ein, die sie sich vor ein paar Tagen erlaubt hatte. »Hast du den Kerl nicht bemerkt?« rief sie aus, als wir in Ostia aus einem Lokal traten und in der nach Abgasen, Algen und Salzwasser riechenden Nachtluft zur Strandpromenade spaziert waren. »Wen?« wollte ich wissen. »Na den, der mich mit seinen Augen verschlungen hat!« – »Nein«, mußte ich zugeben, »habe ich nicht.« – »Und du willst mein Mann sein?« versetzte sie spitz, »und kriegst es nicht mit, wenn mich einer vom Nachbartisch auszieht? Und sich seine Lippen leckt?« prustete sie. Sie faßte mich kichernd an beiden Ohren. »Schlimm war es nicht. Soll ich ehrlich sein? Es kitzelte ange-

nehm zwischen den Beinen.« Und meine verdusterte Stimmung
erkennend, hatte sie flink meine Hand ergriffen, um mit mir
eine Strecke zu rennen.

Ich erreichte den Mann erst um zehn in der Nacht. Von Anfang an kam er mir abweisend vor, und als ich mein Anliegen
vorbrachte, antwortete er mir mit eisiger Stimme. Er behauptete barsch, keine Claire zu kennen, und seine Karte an wild-
fremde Frauen zu verteilen bestritt er entschieden. Meine Beharrlichkeit brachte den Menschen in Rage. Warum ich im
Besitz seiner Nummer sei, wisse er nicht, und das sei außerdem
kein Beweis, sie stehe im Telefonbuch. Und falls er eine Karte
verloren haben sollte, sei das seines Wissens nicht strafbar.

Ja, ich fand seinen Namen im Telefonbuch, drei andere Ruf-
nummern und zwei Adressen zwischen Spanischer Treppe und
Piazza del Popolo, wie mich mein Stadtplan belehrte. Und was
er beruflich trieb, mußte ich nicht mehr erraten, es stand deut-
lich und klar neben seinem Namen: Sergio Vittorio Barzetti
war ein Kollege. Und zwar ein erfolgreicher, durfte man annehmen, der sich ums Geld keine Sorgen zu machen brauchte,
wenn er seine Kanzlei an der Spanischen Treppe betrieb.

In den kommenden Tagen beherrschte mich eine Benommenheit, die mich vorm Schmerz bewahrte, diesem Schmerz,
der bereits in mir lauerte, ohne mich in seinen Abgrund zu reißen. Trotz der Erstarrung, in die ich verfallen war, verkroch ich
mich nicht im Pensionszimmer, das mich ohnehin mit seiner
Fremdheit abstieß. Stunden um Stunden verbrachte ich vor der
Kanzlei in der Via San Giacomo, die laut Klingelbrett neben

dem Hauseingang zweite und dritte Etage beanspruchte. Aus meinen Beobachtungen schloß ich auf sieben, acht Leute, die bei diesem Barzetti im Einsatz waren, Papierkram erledigten, Akten studierten, Prozeßstrategien entwickelten.

Sein Name war zweifellos von Gewicht. In einem Mandanten erkannte ich einen Politiker aus Claires Zeitung wieder, der, wenn ich mich richtig erinnerte, in einen Fall von Bestechung verwickelt war. Zusammen mit Barzetti kam er aus dem Hauseingang und beide marschierten in ein Restaurant – es war Mittagszeit –, um einen Happen zu essen.

Spitzzukriegen, wer Sergio Vittorio Barzetti war, hatte sich als kinderleicht erwiesen. Schlank, um einsneunzig, mit vollem und schwarzem Haar, das lediglich an ein paar Stellen ergraute, war sein Gesicht zwar zu pockenvernarbt und zu grobknochig, um es als ansprechend zu empfinden, eindrucksvoll wirkte es trotzdem. Etwas Herrisches kerbte sich um seine Mundwinkel, die Mißtrauen, Hochmut und Angriffslust zeigten, und als er seine Sonnenbrille abnahm, bemerkte ich in seinen auffallend wachsamen Augen eine Gier, die mir maßlos vorkam.

Ich behockte den Rand eines Blumenkastens aus Beton und schaute empor zur Kanzlei. Ich folgte Barzetti, wenn er sie zu Fuß verließ – und nicht sein im Innenhof parkendes Auto bestieg –, und sich mit schlendernden Schritten zur Wohnung begab, die von seinem Arbeitsplatz zweihundert Meter entfernt war. Meistens suchte er sie gegen Nachmittag auf, um sich zwei Stunden zur Ruhe zu legen, und wieder bei Sonnenuntergang gegen acht. Seine Wohnung befand sich im dritten und letzten Stock, was mir sein Kopf verriet, den er ins Freie streckte, als er eine brennende Kippe in die Gasse warf, die vor meinen Schuhspitzen landete. Er kniff seine Augen zusammen und musterte mich, bevor er sich wieder ins Zimmer verzog.

Niemand zeigte sich sonst an den Fenstern – er mußte allein leben – außer zwei Frauen, die er Freitag- und Samstagnacht bei sich zu Hause empfing. Mit jeder spazierte er Arm in Arm zu einem Nobellokal in der Via Frattina und schleppte sie anschließend wieder heim. Vor der Schwelle zum Hauseingang zauderten sie. Das waren keine Liebhaberinnen, die sich mit Barzetti von Woche zu Woche trafen und sein herrisches Auftreten kannten. Sie erschraken vor seiner entschlossenen Einsilbigkeit, mit der er sie in seinen Treppenflur winkte – von meinem Platz aus erkannte ich seine vier winkenden Finger im Lampenschein –, diese Zielstrebigkeit, der sie sich nicht entziehen konnten, und sich verlegen ins Haar fassend, traten sie in den beleuchteten Aufgang.

Ich setzte mich auf einen Mauervorsprung in der Gasse und linste zur dritten Etage. An der Holzdecke huschten zwei riesige Schatten, die zusammenschrumpften, als sie ans Fenster kamen und sich ins dunstige Nachtdunkel beugten. In der zweiten Nacht schwenkte Barzetti ein Whiskeyglas, rauchte und stierte in meine Richtung – oder bildete ich mir das ein? –, befreite sich von seiner Zigarette und begann, seiner Freundin das Kleid aufzuhaken, als ob er sie absichtlich vor mir entkleiden wolle. Mit den Armen, die sie vor der Brust kreuzte, hielt sie es fest und floh lachend ins Zimmer.

Ich erhob mich und lief zur Pension. Mir war schwindlig, als ich mich aufs Bett warf. Decke und Lampe begannen sich vor mir zu drehen, und ich mußte ins Bad rennen, um zu erbrechen. Ich wusch mir den bitteren Geschmack aus dem Mund, zog mich aus und verbarg mein Gesicht im Kissen.

In meinem Traum war es Claire, die am Fensterbrett auftauchte und sich von Barzetti entkleiden ließ. »Du hast deinen Einsatz verpatzt«, rief sie glucksend und legte dem Mann einen Arm um den Hals, »und er hat mich im Handstreich erobert. Es ist eine Nacht zum Verlieben, hast du das vergessen?« Dieser Mann war Barzetti und nicht Barzetti. Er hatte ein hechelndes, breites Gorgonenmaul, und sein vor den Schenkeln aufragendes, pralles Geschlecht war mit zottigen Haaren bewachsen. Bald war er ein Faun, der Claires Brustwarzen mit seinem Ziegenbart kitzelte, meckernd und kichernd, bald ein Kentaur mit stampfendem, kraftvollem Pferdeleib. Claire lehnte sich vor, an den Pobacken zerrend, lockte und bettelte, bis er zustieß, und jubelte in meine Richtung. Ich hockte nicht mehr auf dem Mauervorsprung in der Gasse – wir fuhren zu dritt in der engen, mit Sperrholz und Spiegeln verkleideten Fahrstuhlkabine. »Du bist ein Spanner von Gottes Gnaden«, raunte sie mir ins Ohr, heiter, liebevoll, mit dieser singenden Stimme, mit der sie mich streichelte, »und mußt peinliche Dinge mit ansehen, nicht wahr?« Es schmatzte, als sie sich dem pelzigen Schwanz entzog, aus dem Mozzarellasaft und Auberginentunke tropfte, die sie mit den Lippen auffing und verschluckte.

Ich hatte vergessen, den Laden vors Fenster zu ziehen, und

erwachte verschwitzt in der Sonne, die bereits hoch am Himmel stand, flackernd und grell. Ich drehte mich blinzelnd zur anderen Seite. An der Zimmerwand fiel mir ein Schatten auf, der sich als graues und schuppiges Tier entpuppte, etwa zehn Zentimeter maß und mich aus starren Reptilienaugen betrachtete. Ich schlief wieder ein, und zur Mittagszeit, als mich das rasselnde Telefon aufschrecken sollte, hatte der Leguan sich nicht vom Fleck bewegt. Ich lehnte mich gegen das Bettgestell und streckte mit klopfendem Herzen den Arm aus.

Am anderen Ende der Leitung war Carlo, der um meinen Besuch auf der Dienststelle bat. »Es ist Sonntag«, bemerkte ich dumm oder um meine flatternde Aufregung zu verbergen, in die mich sein Anruf versetzte. Er klang sachlich und kalt, was mich um so besorgter machte, und warum ich Claires Reisepaß mitbringen sollte, Etruskerbuch, sonnengelbes Kleid und zwei Halsketten, wollte er mir nicht verraten. »Um Gottes willen, sagen Sie mir, was passiert ist!« bat ich, »haben Sie sie gefunden?« Er schwieg. »Ist es ein Unfall gewesen?« – »Nein«, sagte er, »und alles andere erfahren Sie, wenn Sie zu mir kommen.« Ich beeilte mich, in meine Kleider zu steigen, kramte Claires Zeug zusammen und rannte los.

Er erwartete mich vor dem Glaskasten in der Einfahrt, nahm meinen Arm, schob mich schweigend um parkende Streifenfahrzeuge zum niedrigen Seitentrakt, schloß seine kahle, vergitterte Kammer auf, um, tief ausatmend, in seinen Sessel zu fallen. Forschend schaute er mir ins Gesicht. »Wir haben sie gefunden«, begann er und winkte mich auf einen Stuhl, »ja, wir haben sie gefunden. Und sie ist nicht verletzt oder sonstwas, verstehen Sie? Sie hat keinen Unfall erlitten.« – »Und wo ist sie?« erkundigte ich mich verwirrt. Er entleerte den Beutel, in den ich Claires Sachen gestopft hatte, warf einen Blick in den Reisepaß, klappte das Buch auf und fingerte an einer Halskette. »Das darf ich nicht sagen«, beschied er mich seufzend.

Meine Begriffsstutzigkeit schien den Mann zu reizen, der anders als bei unserer ersten Begegnung nichts aufmunternd Freundliches mehr an sich hatte, ja, er wirkte verbittert und vorwurfsvoll. »Es gibt Aufgaben, die ich verabscheue«, sagte er, »ich kann es nicht abwarten, endlich in Rente zu gehen. In knappen drei Wochen wird Schluß sein. Achtzehn Tage, verstehen Sie, und ich darf zu Hause bleiben!« Er spielte am Walzendrehknopf seiner Schreibmaschine, erhob sich vom Sessel und trat ans vergitterte Fenster. »Sie will Sie nicht wiedersehen, das soll ich ausrichten.« – »Sie will mich nicht wiedersehen?« fragte ich fassungslos. »Das soll ich ausrichten«, sagte er nickend und schlenderte zu seinem Platz, wo er Halsketten, Reisepaß, Kleid und Etruskerbuch an sich nahm, mit einem Gummi zusammenband und in seinem Blechspind beim Eingang zur Kammer verstaute. »Das muß ein Irrtum sein«, murmelte ich. Er verneinte entschieden mit seinem Kopf. »Absolut nicht. Sie konnte sich ausweisen. Es liegt keine Verwechslung vor. Und das ist alles, mehr weiß ich nicht«, sagte er abschließend.

Ich folgte dem Mann auf den Korridor, und er begleitete mich bis zur Treppe. Und als ich mit zitternden Knien ins Erdgeschoß stieg, rief er mir nach: »Sie verstehen mich, nicht wahr? Ich mußte an meinen Verlust denken.« Ich drehte mich zu seinem Schatten um, bebend vor Kummer und Zorn, und erwiderte heiser: »Anders als Sie, bin ich mir keiner Schuld bewußt.« – »Und das ist schlecht«, gab er mir halb ironisch, halb trocken zur Antwort und wandte sich ab.

Am Nachmittag reiste ich ab. Taub vor Schmerz und Nichtwahrhabenwollen saß ich im Abteil, starrte auf dunstige, graublaue Berge, den sich in der Ebene verirrenden Tiber, mit Klatschmohn besprenkelte Felder und an zackigen Felsspitzen klebende Ortschaften, die in der Sonnenglut kupferrot aufflammten. Als es dunkelte und mein Gesicht in der Scheibe auftauchte, verkroch ich mich in meinen Sitz. Erst bei meiner Ankunft am anderen Tag erfaßte der Schmerz mich mit einer verheerenden Wucht, und der mich im Spiegel betrachtende Taxifahrer wollte besorgt von mir wissen, was los sei, ob er mich nicht besser zum Arzt bringen solle. Stumm winkte ich ab, und er fuhr mich nach Hause.

Dieser Schmerz, der mich mit sich riß und wieder losließ, entfaltete seine verzehrende Kraft mit der Zeit, in den kommenden Wochen und Monaten. Anfangs wehrte ich mich gegen seine Gewalt. Um nicht in Stumpfheit und Willenlosigkeit zu versinken, zwang ich mich zur Arbeit an meinem Kanzleischreibtisch, studierte Prozeßakten, sprach mit Mandanten, bereitete mich auf Gerichtssaaltermine vor, was meinen Partner veranlaßte anzunehmen, ich sei »wieder ganz auf dem Damm«. In Wahrheit erledigte ich meine Arbeit zerstreut und mechanisch, mit wachsender Abneigung. Das sollte sich in einem Verfahren niederschlagen, das ich meiner mangelnden Achtsamkeit wegen verlor, was uns den Verlust eines engen Klienten eintrug – einer Immobilienverwaltung in Halensee –, dem wir einen entscheidenden Teil unserer Einnahmen verdankten.

Es war Mitte Juli, als ich mich beim Aufstehen nicht mehr auf den Beinen halten konnte und beim Fallen mit der Stirn vor ein Heizungsrohr knallte. Aus der Ohnmacht erwachend, bemerkte ich Blut auf dem Fußboden und an einer scharfkantigen Schraube am Eisenrohr und betastete, eher erstaunt als erschrocken, mein nasses, verklebtes Gesicht. Mit diesem Vorfall verlor ich den Mut. Ich blieb eine Woche zu Hause, und als sie verstrichen war, meldete ich meinem Partner, mit mir sei erst wieder am ersten September zu rechnen. Er schluckte das ohne ein Widerwort. Anzunehmen, er empfand meine stumme, verbitterte Gegenwart in der Kanzlei als belastend oder wollte mir in seinem Ehrgeiz beweisen – ja, er war ehrgeizig, regsam und zielstrebig, zielstrebiger, als ich es jemals gewesen war –, mit der Arbeit alleine zu Rande zu kommen.

Von meiner Heimkehr bis zu diesem Vorkommnis hatten mich Ekel und Scham verfolgt, die es mir schwerer und schwerer machten, mich aus dem Haus zu begeben und mit anderen Menschen zusammenzukommen. Man sehe mir an, ein Versager zu sein, das war eine Vorstellung, die mich nicht losließ. Ich besaß keine engeren Freunde. Und wenn mich Bekannte anriefen, zwei Studienkollegen, ein Schulfreund aus meiner

Heimat, der als Bibliothekar an der Uni arbeitete, klug und belesen und reichlich verschroben war und mich mit seinen Ideen erheitern konnte, oder von mir erfolgreich vertretene Mandanten, die besondere Dankbarkeit zeigen wollten, um mich zu einem Geburtstagsfest einzuladen, zu Theaterbesuch oder Biergartenausflug, schob ich Verpflichtungen vor.

Zu Claires Freundeskreis hatte ich keinen Kontakt. Stur hatte sie mir diese Dolmetscher, Sprachlehrer oder Verlagsmenschen vorenthalten – mit Ausnahmen, die nicht erfreulich verlaufen waren. Bei einer Hochzeit in Potsdam, bei einem Verlagsempfang war ich nichts als ein fremdelnder, grauer Begleiter gewesen, der mit Claires Leuten nichts anfangen konnte – oder sich das mit Beharrlichkeit einredete – und sich um so verkrampfter benahm. Schwer zu sagen, ob meine besessene Liebe schuld war, die an Claires Verhalten verzweifelte – sie stellte mich niemandem vor, und von Freunden und Freundinnen beansprucht, beachtete sie mich nicht mehr – oder mein in mir muffelnder Vater, der Gesellschaften zeit seines Lebens verabscheut hatte. Adressen und Nachnamen der Freunde waren mir nicht bekannt, und sie zu ermitteln und mich zu erkundigen, ob sie von Claire keine Nachricht erhalten hatten, das sollte mir meine Scham verbieten.

Und ich wollte und wollte nicht wahrhaben, was passiert war. Es kam vor, und ich stieg voller Zuversicht aus dem Bett, wusch und rasierte mich in aller Eile und rannte zur Briefkastenreihe im Treppenhaus, wo ich mit zitternder Hand meine Post aus dem Fach klaubte. Ich rechnete mit einer Karte aus London, Ansichten vom Vesuv oder den Tuilerien, und ein paar Zeilen, die heiter, verspielt klangen und mich beruhigen konnten. Nachts hielt ich es bei mir zu Hause nicht aus. Ich schwang mich in Vaters Kadett, den ich mit meiner Pflege vorm Schrottplatz bewahrt hatte, und fuhr stundenlang in der Stadt spazieren, vom Landwehrkanal, wo ich mich vergewisserte, ob sie nicht inzwischen daheim war, zur Havel, von der Havel zur Emdener Straße, die ich im vergangenen Oktober verlassen hatte, um meine Kanzlei nach Charlottenburg zu verlegen, und wieder zum Landwehrkanal. Wenn es trocken und warm war, ließ ich mich in einem der beiden Lokale am Uferweg nieder und behielt Claires Wohnung im Auge.

Die blieb dunkel bis Anfang August. Und in der Nacht, als ein Fenster aufflog, erhob ich mich schwankend vom Klappstuhl im Garten. Meine Schritte beschleunigend, lief ich zum Hauseingang, der nicht verschlossen war, hetzte vier Treppen hoch, klopfte und klingelte, klingelte Sturm und stand vor einem wildfremden Menschen. Er war mager, fast kahl auf dem Kopf, steckte in einem fleckigen T-Shirt und Jeans, die am Hosenlatz aufklafften, und linste mich aus seiner randlosen Brille an. Sein Mietvertrag laufe sechs Monate, meinte er und kratzte sich an einer schmutzigen Fußsohle, und von der Besitzerin wisse er nichts, außer dem, was er von seinem Makler erfahren habe, zur Zeit halte sie sich im Ausland auf.

Schlimmer war eine Eintragung auf meinem Kontoauszug, die ich in diesen Tagen entdeckte. Ich starrte zerstreut auf den Buchungstext neben der Summe, mit der ich nichts anfangen konnte. »Bareinzahlung«, las ich, »deine Auslagen.« Es dauerte, bis ich aus meiner Versteinerung erwachte. Ich stimmte ein Heulen an, irrsinnig, rasend, und zerrte Claires Koffer aus meinem Garderobenschrank, riß Strumpfhosen, Kleider und Blusen in Fetzen, hielt inne und eilte ins Schlafzimmer, wo ich meine Finger zur Gipsskulptur ausstreckte. Ich betrachtete sie, stumm, erschrocken, und stellte das Ehepaar vorsichtig an seinen Platz im Regal zwischen zwei Haufen mit Briefen und Postkarten, die ich in der Vergangenheit von Claire erhalten hatte.

Bald stellte ich meine Spazierfahrten ein. Aus dem Haus ging ich bloß, wenn ich nichts mehr zu essen hatte und auf dem Trockenen saß, kaufte Konserven und Brot und den von meinem Vater bevorzugten billigen Branntwein. Trotz der Anstrengung, die es mich kostete, dreißig bis vierzig Minuten mein Bett zu verlassen, mied ich den Eckladen, wo man mich kannte, und lief zum entfernteren Supermarkt. Ich traute mich nicht aus der Wohnung, wenn jemand im Treppenhaus war, der mich ansprechen konnte, und horchte, bis Schritte und Stimmen verklungen waren. Von meinen Besorgungen kehrte ich kraftlos, zerschlagen und vollkommen naßgeschwitzt heim.

Ich verwahrloste zusehends in diesen Augustwochen, war zu energielos, um sauberzumachen oder mein schmieriges Bettzeug zu wechseln, in dem ich mein Essen verzehrte, an Brotscheiben knabberte, Fleisch und Sardinen aus Dosen aß, ließ mir einen Bart wachsen, reinigte mich nicht mehr. In der Flurkammer stapelte ich meinen Abfall, um mir den Gang bis zum Hof zu ersparen. Bei der stickigen Hitze, die herrschte, verbreitete sich sein Gestank bald in alle Ecken. Teils war ich zu willenlos, um wieder zu mir zu kommen, teils versetzte mich meine Verwahrlosung in einen Zustand von grimmiger Schadenfreude.

Es war ein verregneter, windiger, kalter Septembertag, als ich zum Supermarkt schlurfte und mich eine Stimme zusammenfahren ließ. »Kennen wir uns nicht? Ja, wir kennen uns. Du bist Johannes, nicht wahr?, Claires Freund.« – »Sie irren sich«, sagte ich kratzig, zu Boden stierend, um mein Gesicht zu verbergen, »wir kennen uns nicht.« Ich wußte inzwischen, um wen es sich handelte – eine Freundin von Claire, die Design studiert und sich aufs Hutmachen spezialisiert hatte. Und sie trug einen Hut!, einen schwarzen, breitkrempigen Hut, den ein Silberband zierte.

Ich erinnerte mich an den Vornamen: Eva. Als wir uns bei der Potsdamer Hochzeit begegnet waren, hatte sie einen Laden mit Werkstatt am Halleschen Ufer betrieben und sich beim Dampferfest, das sich der Domtrauung anschloß, meinen juristischen Rat einholen wollen. Seit der Vermieter verstorben war, lag sie im Streit mit den Erben und neuen Besitzern, die sich nicht zimperlich anstellten, rauhe Methoden anwandten, um sie zu vertreiben, von Drohbriefen bis zur zerschmetterten Schaufensterscheibe.

Sie hatte bestimmt einen Anwalt, und wenn sie sich in dieser Sache an mich wandte, mochte das nichts als ein Vorwand gewesen sein, um in Erfahrung zu bringen, wer dieser verschlossene Mensch an Claires Seite war, der mit niemandem sprach, an der Schiffsreling lehnte und ins gluckernde Seewasser glotzte.

Eva war keine von Claires dicksten Freundinnen, trotz der im Studium zusammen verbrachten drei Monate in einer Wohnung am Montparnasse. Als sich Claire eine andere Bleibe besorgt hatte, in der sie allein leben konnte, hatten sie sich aus den Augen verloren. In Berlin, wo ein Zufall sie wieder zusammenbrachte, trafen sie sich, um Konzerten zu lauschen, am Gendarmenmarkt und in der Philharmonie, und Claire, die sich als »Musikniete« einstufte und es bedauerte, kein Instrument zu beherrschen, ließ sich von der beschlagenen Eva belehren, was ein Kontrapunkt war, in Sonatenaufbau oder Aleatorik einweihen und nahm bei der Freundin zeitweise Klavierunterricht.

»Ich irre mich nicht«, sagte Eva mit einer Entschiedenheit, die mich verwirrte, und hielt mich am Mantel fest, »du bist Johannes. Und du siehst schauderhaft aus, Menschenskind, richtig abschreckend.« Sie beugte sich vor, um an mir schnuppern. »Und wie du riechst, mein Gott, das ist ja widerlich. Es kann einem regelrecht schlecht werden!« – »Sie verwechseln mich«, sagte ich vorwurfsvoll, flehentlich »ja, Sie verwechseln mich«, und lief nach Hause.

Sie ließ sich nicht abwimmeln, folgte mir bis vor den Hauseingang und stellte flink einen Fuß auf die Torschwelle, als ich sie aussperren wollte. »Entschuldige«, sagte sie, sich neben mir an der Mauer hochschiebend, »es war reichlich grob von mir. Du mußt etwas Schlimmes erlebt haben.« Ich schwieg, zu beansprucht vom Aufstieg, bei dem mir der Schweiß ausbrach, und alle zehn Stufen pausierend, den Holzknauf der Treppe umklammernd, um Luft zu holen, wieder zu Atem zu kommen.

Als wir meine Wohnung erreichten und sie keine Anstalten machte, mich endlich in Frieden zu lassen, begann ich sie wild zu beschimpfen. »Dumme Gans«, keuchte ich, »willst du mir einen Hut andrehen? Ich scheiße auf deine Modelle, verstanden? Ja, ich kenne sie, deine Modelle, ich kenne sie. Claire sah zum Weglaufen aus, ja zum Schreien, wenn sie sich einen Hut von dir aufsetzte.« Meine Beschimpfungen ließen sie kalt. Sie betrachtete mich, ruhig, forschend, verzog keinen Mundwinkel, bis meine Stimme versagte. »Ja, wo ist sie, zum Teufel?« verlangte sie von mir zu wissen, »wo ist deine Claire? Warum hilft sie dir nicht?« Das klang zu ehrlich betroffen, zu ehrlich befremdet, und stimmte mich weich. Ich gab meinen Widerstand auf. Ohne eine Erwiderung schob ich sie in meinen Korridor, mich entschuldigend, mir sei nicht wohl und ich wolle mich kurz auf mein Bett legen, zwei, drei Minuten. »Ja, mach das«, entgegnete sie, sich im dunklen Wohnungsflur umschauend und mir meinen Mantel abnehmend, »du solltest dich ausruhen, Johannes.«

Ich erwachte im Dunkeln, es war beinahe Mitternacht und totenstill in der Wohnung. Als ich ins Bad tappte, fiel mir der neben dem Waschbecken stehende Putzeimer auf und der auf dem Wannenrand trocknende Lappen. Ich vergewisserte mich in der Flurkammer – sie war leer und roch beißend nach Reinigungsmitteln. Im Glauben, ich sei allein, trat ich ins Wohnzimmer und erschrak vor der schwarzen Gestalt auf dem Sofa, die sich mit einem Seufzer bewegte. »Du darfst nicht bei mir bleiben«, murmelte ich, »du darfst nicht bei mir bleiben, hast du verstanden?«, und stieß sie vorsichtig an. »Du darfst nicht bei mir bleiben«, sagte ich wieder. Sie strampelte sich aus der Decke und fragte verschlafen: »Warum? Warum darf ich das nicht?«

Sie hatte nichts als ein Unterhemd an, Schultern und Brustansatz schimmerten weißlich im Lampenschein, der von der Straße ins Zimmer drang. »Ich will es nicht«, sagte ich ausweichend und wandte mich ab, um sie nicht mehr vor Augen zu haben. Meine Befangenheit belustigte sie. »Was hast du? Bin ich dir bereits zu nackt?« fragte sie lachend und schwang sich vom Sofarand, »hat dich unsere launische Freundin verhungern lassen?« – »Laß Claire aus dem Spiel«, zischte ich, »was zwischen uns beiden war, geht dich nichts an.« – »Ja«, sagte sie ernsthaft und raffte den Schwung blonder Haare im Nacken zusammen, nahm Tasche und Zeitung vom Sessel und eilte zum Flur, wo sie Schuhe und Mantel anzog, sich den schwarzen, breitkrempigen Hut auf den Kopf setzte. Im Treppenhaus wandte sie sich zu mir um. »Darf ich wiederkommen?« wollte sie wissen und schaute mich an, halb beunruhigt, halb bittend. »Warum solltest du wiederkommen? Nein, besser nicht.« Ich ließ sie im Treppenhaus stehen, verschloß meine Wohnung und warf mich aufs Bett.

Eva ließ sich nicht abschrecken von meiner Antwort. Sie kam wieder, am anderen Tag, an den folgenden Tagen, und ich scheuchte sie nicht von der Schwelle. Ich benahm mich zwar anfangs verstockt und bewußt verletzend, wenn ich sie warnte, sie solle sich nicht bei mir breitmachen, und sie als Klette bezeichnete oder giftete, ob sie aus Mangel an Kundinnen inzwischen aufs Putzen bei anderen Leuten verfallen sei, falls sie Geld brauche, solle sie mir das ruhig sagen, und zog einen Hunderter aus meiner Brieftasche. Meine Bemerkungen vergraulten sie nicht, ja, sie schluckte sie, ohne sich mit mir zu streiten, verlangte von mir keine Aufmerksamkeit und vermied es, auf Claire zu sprechen zu kommen. Das beschwichtigte mich mit der Zeit. Sie bezog mir ein frisches Bett, machte mein Schlafzimmer – ich duldete es. Versorgte mich mit frischen Nahrungsmitteln, stellte sich anschließend an meinen Herd, bekochte uns beide mit aufwendigen Gerichten. Einen Hut trug sie nicht mehr, wenn sie bei mir klingelte – um mich nicht zu reizen und wieder beschimpft zu werden oder um sich bei mir einzuschmeicheln – den steckte sie rechtzeitig in eine Stofftasche, die bauchig an einem Garderobenarm baumelte, bis sie mich um neun oder zehn in der Nacht verließ – bei mir zu schlafen, das ließ sie sich nicht wieder einfallen.

Mitte Oktober verließ ich mein Bett, und den von Vater bevorzugten billigen Schnaps kippte ich in den Abfluß. Ich bat Eva, mir Zeitungen und Zeitschriften mitzubringen, vertiefte mich ins Italienischbuch, das ich vorm Urlaub besorgt und nie angeschaut hatte, paukte Grammatik und lernte Vokabeln. An einem lausigen, grauen Novembertag wagte ich mich aus der Wohnung, stieg in meinen Opel und brauste zur Staatsbibliothek, um mich mit Werken zu Lebenswelt, magischem Denken und Jenseitsvorstellungen in der etruskischen Zeit einzudecken. Es war spiegelglatt, als ich mich auf den Heimweg begab, ja, ich schlitterte von einer Fahrspur zur anderen und konnte mit Not einem Pulk anderer Fahrzeuge ausweichen, die sich ineinander verkeilt hatten. Diese Rutschpartie stimmte mich heiter. Es regnete nicht mehr, ein dunkelnder Nachmittagshimmel zog auf, der das blitzblanke Eis auf den Straßen und Gehsteigen mit einem tiefblauen Schimmer versah.

Zu meiner Wohnung hochsteigend, traf ich auf Eva. Sie hockte im Treppenhaus, mit einem Einkaufssack zwischen den Beinen, aus dem Lauchstangen und Weißbrot ragten, schmiegte das Kinn in die Hand und betrachtete mich verschmitzt. »Und ich mußte annehmen, du willst mich nicht einlassen«, sagte sie. Sie wirkte verfroren, Nasenspitze und Finger waren rot, und ich beeilte mich, sie in den Flur zu bugsieren, in dem es angenehm warm war.

Anders als in den vergangenen Wochen und Monaten erfaßte mich eine Empfindung von Dankbarkeit, und vom Widerwillen gegen sie, der mich beherrscht hatte, bemerkte ich nichts mehr. Zwischen uns bahnte sich ein beklommenes, scheues Vertrauen an. Als sie vor mir zwei Konzertkarten schwenkte, ließ ich mich umstimmen, sie zu begleiten. Wir begannen, zusammen spazierenzugehen, sei es im tief verschneiten Tiergarten oder im Grunewald. Ich erheiterte sie mit Geschichten von meinem verflossenen Partner am KuDamm, dem man seine Anwaltserlaubnis entzogen hatte. Wegen Betrugs und Bestechung saß er hinter Gittern. »Ein anderer Versager«, bemerkte ich trocken – und Evas Protest kam mir albern und aufdringlich vor. Oder ich redete von den Etruskern, und sie lauschte mir aufmerksam, stellte gelegentlich Fragen, die mir meine Laune verdarben. »Es ist aussichtslos«, winkte ich mißmutig ab, »du verstehst das nicht«, und verfiel in beharrliches Schweigen.

Bei einem Ausflug im Schloßpark von Sanssouci, als sie begann, mich mit Schnee zu bewerfen, bekam ich sie an einer Wade zu fassen und warf sie ins wattige Weich. Sie regte sich nicht, und ich kniete mich neben sie. »Was hast du?« erkundigte ich mich erschrocken und riß am Kapuzenstoff, »was ist passiert?« Blitzartig drehte sie sich zu mir um, und Evas Gesicht streifte kurz meine Lippen. »Nichts«, sagte sie lachend und schlang einen Arm um mich, von dem ich mich ruppig befreite. Ich sprang auf, mir den klebrigen Schnee von den Knien klopfend, und entfernte mich, ohne ein Wort zu verlieren. Vorm gußeisernen Tor stieg ich in meinen Opel und wartete nicht, bis mich Evas Gestalt auf dem dunkelnden Parkplatz erreicht hatte. Es scherte mich nicht, als sie aufgeregt winkte und losrannte – ich ließ den Motor an, wendete scharf und gab Gas.

»Ich habe mich falsch benommen«, sagte sie, »bitte entschuldige«, als sie sich am anderen Tag bei mir meldete, »ich wollte dir halt einen Streich spielen. Und das werde ich nicht wiederholen, versprochen.« Meine Schweigsamkeit machte sie zappelig. »Kannst du mir nicht verzeihen?« wollte sie wissen. Ich erwiderte, »nein, es ist gut«, und sie lachte erleichtert auf. »Trotzdem war es nicht nett von dir«, scherzte sie, »mich einfach stehen zu lassen, Johannes. Bei diesem saukalten Wetter! Um ehrlich zu sein, es war ziemlich gemein. Tut es dir nicht leid, nicht ein Fitzelchen?« fragte sie mit einem erzwungenen Kichern. »Nicht mehr als ein Fitzelchen«, gab ich zur Antwort.

Nein, sie ließ sich nicht abschrecken von meiner Roheit, besuchte mich wieder, um uns zu bekochen und bei mir »nach dem Rechten zu sehen«, wie sie meinte. Und sie lockte mich zu sich nach Hause. »Du bist ja nie in meiner Wohnung gewesen«, beschwerte sie sich, »und du mußt keine Angst haben, Werkstatt und Laden erspare ich dir. Und du wirst keinen Hut bei mir finden, nicht einen, in Ordnung?« Sie lebte in einer Fabrik, die man vor einer Ewigkeit stillgelegt hatte, einer Hundertquadratmeterhalle mit breiter und fast bis zum Fußboden reichender Fensterfront, vor der eine Unzahl Kakteen stand. Eine halbhohe Gipskartonplattenwand teilte Toilette und Bad von der restlichen Halle ab, ein schmutziger Filzvorhang hing vor der Kochecke, der an einer Stange befestigt war, die wiederum von einem Stahlbalken baumelte. »Es kann schrecklich kalt sein«, bemerkte sie aufgeregt, »und ich muß Klavier spielen, um wieder warm zu werden, oder ich mache es mir in der Wanne bequem. Ein knallheißes Bad zu nehmen, das ist am besten.«

Ich entdeckte ein Buch auf dem Wannenrand, nahm es zerstreut in die Finger und drehte es um. Es befaßte sich mit der

Etruskergeschichte, und als ich es aufklappte, las ich Claires Namen. »Sie hat es mir vor einer Ewigkeit ausgeliehen und meinte, ich solle es lesen, was ich nicht getan habe, muß ich gestehen«, sagte Eva mit schlingernder Stimme. »Wir haben es beide vergessen. Mir fiel es erst wieder ein, als ich dein Interesse bemerkte, verstehst du? Ich wollte halt besser Bescheid wissen.«

Evas Bekenntnis, sie habe sich mit der Etruskergeschichte vertraut machen wollen, verwirrte mich, und besonders verwirrend fand ich meinen Fund eines Buches aus Claires Besitz. Ich legte es wieder auf seinen Platz neben der Wanne. »Darf ich dir etwas vorspielen?« Ich nickte, und Eva lief eilig zur Ecke der Halle, in der das Klavier stand, vor dem sie sich niederließ. Flatterhaft kramte sie zwischen den Heften, die sich auf dem Notenbrett stapelten. Als sie nicht fand, was sie suchte, bemerkte sie heiter: »Weißt du, warum du zu mir kommen solltest? Wenn ich das verrate, darfst du mich nicht auslachen. Du wirst mich nicht auslachen, oder? Nein, es ist besser, wenn ich meinen Mund halte.« Sie rutschte vom Schemel und hockte sich vor ein Regal. »Meine Arbeit ist dir ja zuwider, du kannst meine Sachen nicht ausstehen, nicht wahr?« fuhr sie fort, »und ich wollte dich mit etwas anderem beeindrucken.« – »Mit deinem Klavierspiel«, erwiderte ich. »Ja«, sagte sie nickend, »mit meinem Klavierspiel.« Ein zerfleddertes Heft in den Fingern, kam sie wieder hoch und betrachtete mich halb verlegen, halb bittend. »Du lachst mich nicht aus?« Ich verneinte stumm, trat an ein Fenster und schaute zum leeren, im Dunkel verschwimmenden Fabrikhof. Ein Lastenkranhaken hing an seiner rostigen Kette vom Seitentraktdach.

Eva, die sich ans Klavier setzte und beide Arme hob, spiegelte sich in der Scheibe. Und als sie sich vorfallen ließ und zu spielen begann, anfangs sachte und stockend, behutsam und innig, kam sie mir verloren und schutzlos vor. Wieder bemerkte ich diese Empfindung von Dankbarkeit – und einen Anflug von Zuneigung. Beunruhigt lehnte ich mich ans Klavier, das bei dem Schwall von Akkorden erzitterte, den sie den Tasten entlockte. Von Evas Bewegungen ging etwas Warmes und Fließendes aus, dem ich mich nicht entziehen konnte. Ich schloß meine Augen und lauschte dem sich in der Halle verbreitenden Klang.

Mitten im Spiel brach sie ab. »Ist dir nicht gut?« fragte sie mit der hohen und schlingernden Stimme, die ich nicht mochte, »soll ich besser Schluß machen, Jo?« Ich zuckte zusammen, bis zu diesem Tag hatte sie sich nie erlaubt, mich mit »Jo« anzusprechen. Sie erhob sich vom Schemel und kam auf mich zu. »Du bist kreideweiß. Soll ich dir ein Glas Wasser holen?« – »Nein«, sagte ich rauh, »du sollst spielen«, und als sie sekundenlang zauderte, fuhr ich sie an: »Du sollst spielen! Hast du nicht verstanden?«

Schlagartig wußte ich, warum wir uns vor dem Supermarkt in meinem Viertel begegnet waren, einem Viertel, in dem sie sich sonst niemals aufhielt. Warum sie mich wieder und wieder besucht und sich nie hatte abschrecken lassen von meinen Beschimpfungen und meinem rohen Verhalten. Und warum sie dieses Buch zur Etruskergeschichte aus Claires Bibliothek besaß, das sie aus Dummheit nicht rechtzeitig vor mir versteckt hatte. Sie hatten sich beide verabredet, Claire und sie! Ja, Claire mußte von meinem Zustand erfahren haben. Sie machte sich ernsthafte Sorgen um mich – und sie hatte ein schlechtes Gewissen, und an einem schlechten Gewissen zu leiden, das hielt sie nicht aus. Sie war es gewesen, die Eva beauftragt hatte, mir beizustehen. Ein reiner Freundschaftsdienst war das mit Sicherheit nicht gewesen. Sie zu bezahlen, konnte Claire sich ja leisten, und Eva, die meistens an Geldknappheit litt, was sie mir bei einem Spaziergang verraten hatte – Werkstatt und Hutladen kosteten mehr, als sie einbrachten, und sie behauptete sich mit Klavierstunden –, konnte Claires Zuwendungen gut gebrauchen.

Verunsichert und ohne Schwung hatte Eva aufs neue zu spielen begonnen. Ich stieß mich vom Klavier ab und stellte mich neben sie. »Es langweilt dich. Ich sollte Schluß machen«, sagte sie fahrig und ließ beide Arme sinken. »Claire hat dich beauftragt, nicht wahr?« zischte ich, »es war eine Abmachung zwischen euch beiden!« Brutal packte ich sie im Nacken. »Laß mich los«, bat sie wimmernd, »du tust mir weh.« – »Gib es zu! Es war eine Vereinbarung zwischen euch beiden, und du wirst von Claire bezahlt! Und du sollst spielen, verdammt!« herrschte ich sie an, »wolltest du mich nicht beeindrucken?« Schluchzend schlug sie eine Taste an, brach wieder ab, eine zweite und sackte zusammen. »Gib es zu!« sagte ich halb erstickt, »gib es zu!«, und wandte mich ab von dem nassen, verheulten, mit

Haaren verklebten Gesicht. Sie weinte verzweifelt und fiel mit der Stirn auf das Notenbrett, als ich sie losließ, mich schwankend erhob und zum Treppenhaus eilte – sie weinte verzweifelt und stammelte: »Es ist nicht wahr. Was du denkst, ist nicht wahr.«

Bereits als ich zu Hause war, ekelte ich mich vor mir, meiner Grobheit und Grausamkeit, und mein Verdacht kam mir irrwitzig vor. Nicht aus Trotz oder kindischem Stolz blieb ich stumm und verschob meinen Anruf von einem zum anderen Tag. Es war besser, wenn wir uns nicht trafen und sie mich in schlechter Erinnerung behielt.

In der Zwischenzeit fuhr ich in meine Kanzlei, um nach und nach wieder Tritt zu fassen – ab Januar wollte ich an meinem Platz sein –, las Akten und machte mich mit den Verfahren vertraut, die mein Partner betreute. Das tat ich nachts, wenn er nicht mehr im Haus war, aus Scheu und um Ruhe zu haben. Und ich wollte mich lieber nicht festlegen. Erst hatte ich meinem Partner versprochen, im September sei wieder mit mir zu rechnen, und als ich mein Versprechen nicht hielt, ohne mich zu entschuldigen, hatte er mich zu Hause besucht. Aufgemacht hatte ich nicht, als er klingelte und mich zu sprechen verlangt hatte, auf keinen Fall durfte er mich zu Gesicht bekommen, mager, verwahrlost und grau, wie ich war. Am Schluß hatte er sich beruhigen lassen von meinen Versicherungen, es ginge mir gut, ich sei schwach auf den Beinen, sonst nichts, die ich, am Garderobenschrank lehnend, ins Treppenhaus rief. Ob er bis Oktober alleine zurechtkomme, hatte ich wissen wollen, was er bejaht hatte. Zu Recht, wie ich feststellen sollte, als ich seine Akten studierte und unsere Kanzleikonten einsah. Er hatte den Laden im Griff, und an seinen Entscheidungen war nichts zu beanstanden.

Meinen Kadett parkte ich an dem Platz, der von unserer Anwaltskanzlei hundert Schritte entfernt war, vorm Eckhaus, in dem sich ein Kino befand. Bei einer Gelegenheit schlenderte ich bis zum Schaukasten und entdeckte ein blaß koloriertes Plakat, das ich aus meiner Kinderzeit kannte. Ab Mitternacht lief Vaters Lieblingsfilm um einen Postboten, der, ohne an seinem Pech zu verzweifeln, von einem Schlamassel in den anderen stolpert, bis er am Ende – aus Zufall – zum Helden wird.

Vater, der niemals ins Kino ging und meine Mutter auszankte, wenn sie aus der Nachmittagsvorstellung heimkam, sich in aller Eile den Lippenstift abwischte und in den Hauskittel warf – »Du hast nichts als Zerstreuung und Annehmlichkeiten im Kopf, und ich sterbe vor Hunger!« –, hatte anderthalb Stunden vor Einlaß zwei Karten erstanden, um uns einen Sitzplatz zu sichern. Beim ersten Malheur, das dem Postboten widerfuhr, knurrte er: »Das ist nicht realistisch«, und bediente sich vorwurfsvoll aus seinem Flachmann. Trotzdem konnte er bald nicht mehr an sich halten, klatschte sich auf seine Schenkel und wieherte. »Ein realistischer Film ist das nicht«, hatte er mich auf dem Heimweg erneut belehrt und meine Kinderhand mit seiner Pranke umschlossen – und ich, ich verbiß mir mein Glucksen und Gluckern. Wenn man den Streifen im Fernsehen ausstrahlte, konnte es Vater nicht mehr erwarten, sich in seinem Cordsessel niederzulassen. Kurz vor seinem Unfall im Heimwerkerkeller, bei einem Besuch, hatte ich das erlebt. Er brach wieder und wieder in schallendes Lachen aus, bediente sich aus seinem Flachmann und meinte mißbilligend: »Menschenskind, ist das ein Volltrottel! Den kann sich kein Postamt als Zusteller leisten!«

Um Mitternacht saß ich im stickigen Kinosaal, und beim ersten Pech, das dem Postboten zustieß, konnte ich mir nicht verkneifen zu knurren: »Das ist kein realistischer Film.« Mein Vordermann drehte sich zischend um. »Dieser Held ist ein Volltrottel«, sagte ich ernsthaft, »den kann sich kein Postamt als Zusteller leisten.« Mein Vordermann tippte sich an seine Stirn und floh in eine andere Stuhlreihe.

Diese Zeitreise in meine Kindheit versetzte mich in einen Zustand von schwebender Heiterkeit, und ich lenkte den Wagen zur Lampenfabrik. Einzutreten bereitete mir keine Schwierigkeiten – als ich mich an das Tor lehnte, klappte es auf. Ich irrte von Durchfahrt zu Durchfahrt, mich nicht mehr erinnernd, in welchem der Ziegelsteinbauten sie lebte, bis ich den Haken des Lastkrans erkannte, der an seiner rostigen Kette vom Dach hing. Ich eilte im Finstern zur zweiten Etage hoch, tastete nach einem Klingelknopf, den es nicht gab oder der sich nicht finden ließ, klopfte, und als sich nichts regte, begann ich zu rufen, bis ich tappende Schritte vernahm.

Blinzelnd, in einem mit Sternen und Monden bestempelten Nachthemd, das Busen und Becken umspannte und bis zu den Schienbeinen reichte, nach Schlaf riechend, stand sie vor mir auf der Schwelle. Feindselig wirkte sie nicht, eher erstaunt und nicht sicher, was sie mit mir anfangen sollte. »Es ist kurz vor drei«, sagte sie, sich das Haar aus der Stirn schiebend. Beim Aufstehen mußte sie sich auf dem Radiowecker beim Bett vergewissert haben. Ja, sie besaß einen Radiowecker wie ich, und das ermutigte mich. »Darf ich bei dir bleiben in dieser Nacht? Ausnahmsweise?« versetzte ich heiser. Sie schaute mich an, teils beunruhigt, teils mitleidig, trat zaudernd zwei Schritte beiseite und ließ mich ein. Aus der Kochnische holte sie mir ein Glas Wasser, fiel in einen Sessel und zog beide Knie an, mummte sich in eine Wolldecke ein. Ich war zu ruhelos, um mich zu setzen. Mit flatternden Augen verfolgte sie meine Bewegungen, als ich zwischen Couch und Klavier auf und ab lief und stockend zu sprechen begann.

»Sie hat dir ausrichten lassen, sie will dich nicht wiedersehen?« fragte Eva zum Schluß und befreite sich von der Decke, um an meiner Seite ins Sofa zu sinken, ohne mir zu nahe zu kommen. »Du mußt sie verabscheuen«, sagte sie nach einer Pause mit einer Entschiedenheit, die mich befremdete. Ich erwiderte nichts, und sie streckte den Arm aus, schleppend und vorsichtig, um mich zu streicheln. »Laß uns schlafen gehen«, meinte sie endlich, als ich mich nicht regte, »ich muß gegen neun in der Werkstatt sein, und außerdem friere ich wieder. Soll ich dir das Sofa beziehen?« – »Nein«, wehrte ich ab, »eine Wolldecke reicht mir.«

Eine Woche blieb ich in der Lampenfabrik. Am ersten Tag

war sie verdutzt, als sie mich, aus der Werkstatt kommend, bei sich zu Hause antraf, wo ich vorm Klavier saß und klimperte. »Das ist ein Schlager, nicht wahr?« rief sie lachend, »aus den Goldenen Zwanzigern, wenn ich mich nicht irre«, und summte: »Ich bin eine Naschkatze, Rudi.« Sie setzte sich neben mich auf den Klavierschemel und begleitete meine Einfingeranstrengungen mit schmissigen, flinken Akkorden. »Kannst du andere Sachen?«, erkundigte sie sich belustigt und lebhaft, und als ich verneinte, sprang sie vom Hocker und eilte zur Heizung. »Die ist ja bitterkalt«, sagte sie bibbernd, »du mußt mir versprechen zu heizen, wenn du in der Wohnung bleibst, sonst wird es eisig. Versprichst du mir das?« fragte sie mich besorgt. Ich versprach es.

Wenn sie sich um neun in den Mantel warf und aus der Wohnung lief, wollte sie nie von mir wissen, ob sie mich am Nachmittag vorfinden werde. Trotzdem konnte sie niemals verbergen, erleichtert zu sein, mich am Herd beim Kaffeekochen anzutreffen oder mit einem Buch vor der Nase im Sofa. Strahlend nahm sie das Kopftuch ab, das voller Schneeflocken war, und breitete es auf den Heizrippen aus. An einem Tag kam sie blaß und mit schmutzigen Stiefeln ins Bad, wo ich mich in der Wanne ausstreckte. »Es war dunkel bei mir, und ich dachte, du bist nicht mehr da.« Atemlos ließ sie sich auf dem Wannenrand nieder und streifte den knisternden Schaum mit den Fingern.

»Du kannst bleiben, es macht mir nichts aus«, meinte sie, wenn sie wieder Klavierstunden geben mußte und ich in meine

Schuhe stieg, um nicht im Weg zu sein. Ich stapfte im matschigen Schnee um den Block bis zu einem Studentenlokal, und als drei Stunden um waren, erkannte ich Eva an flatterndem Kopftuch und unruhigem Gang – einem Gang, der abrupt wirkte, gleichzeitig forsch und beklommen –, die von einer Kneipe zur anderen lief, um mich nach beendetem Unterricht wiederzufinden und zu sich nach Hause zu holen. Ich machte mich an meinem Fensterplatz klein und war trotzdem erheitert, als sie vor der Scheibe stand, mit verfrorenem, frohem Gesicht und mir winkte.

Gelegentlich kam sie auf Claire zu sprechen, mich eindringlich musternd und sich vergewissernd, nichts Falsches zu sagen und mich zu verletzen. »Sie war mir zu verdreht«, sagte Eva, »zu sprunghaft, zwischen uns entstand nie eine richtige Freundschaft. Und sich auf sie verlassen, das konnte man nie. Mehrfach hat sie vergessen, mir meinen Klavierunterricht zu bezahlen, und ich mochte sie nicht erinnern, es war mir zu peinlich, verstehst du? Und als wir zusammenlebten, am Montparnasse, wollte sie mich aus der Wohnung schmeißen. Sie hatte sich in einen Mann verliebt, einen angehenden Schriftsteller aus Osteuropa, Weißrusse, Ukrainer, ich weiß nicht mehr was, der frisch emigriert war und keine Bleibe hatte, und meinte, er solle mein Zimmer bekommen. Bei seiner Not werde ich mich nicht querlegen, nahm sie an, und als ich klar ablehnte, war sie zwei Tage beleidigt.« Oder sie sagte: »Und dich hat sie vor mir verheimlicht bis zu dieser Hochzeit in Potsdam. Es kam mir komisch vor, sie im Gewimmel, und du lehnst allein an der Reling. Und du hast mir auf Anhieb gefallen«, bekannte sie, »du warst ruhig und aufmerksam, falls du nicht mit deinen Augen zu Claire huschtest, die auf dem Vorderdeck tanzte, erinnerst du dich?« Ich erinnerte mich. »Du kamst mir bescheiden und aufrichtig vor und ich weiß nicht ...«, sie suchte vergeblich das passende Wort. »Sachlich?« half ich aus. »Sachlich, das trifft es«, versetzte sie lachend, »ja, sachlich, und das sprach mich an.« Oder sie wanderte mit einer Kanne von einem Kakteentopf zum anderen und sagte: »Ich weiß ja nicht, ob du dich in mich verlieben kannst«, kam aus der Hocke hoch, drehte sich halb zu mir um und beeilte sich, mich zu beschwichtigen: »Versteh mich nicht falsch, ich verlange das nicht!«

Sie war liebevoll, munter – von einer teils echten, teils wieder erzwungenen Munterkeit – und strengte sich an, keine Fehler zu machen. Dieser Eifer, den sie an den Tag legte, stieß mich ab. »Ich will ja ein anderes Leben beginnen«, erwiderte ich, und sie senkte den Kopf vor Erregung und Freude, die ich nicht bemerken sollte. Mir war es am liebsten, wenn sie den Klavierdeckel aufklappte und beide Arme hob, um einen wuchtigen Anfang erklingen zu lassen. Beim Spielen strahlte sie eine Sinnlichkeit aus, etwas Warmes und Fließendes, das mir ansonsten verborgen blieb.

»Wenn du am Klavier sitzt, verliebe ich mich in dich.« – »Ist das wahr?« fragte Eva mit bibbernden Lippen. Es war ein klirrender Frosttag gewesen, den wir mit einem Ausflug ins Umland Berlins verbracht hatten – in Vaters Kadett, der sich nicht mehr beheizen ließ –, und sie war vollkommen verfroren, als wir heimkehrten. »Leider kann ich nicht dauernd Klavier spielen«, sagte sie, »und mit diesen Eiszapfenfingern bestimmt nicht!« Sie streifte sich Kopftuch und Stiefel ab und lief ins Bad, wo sie schnatternd den Wasserhahn aufdrehte. »Mußt du aufs Klo?« rief sie, und als ich »nein« sagte, warf sie Pullover und Hemd aus dem Bad aufs Bett und planschte seufzend ins Wasser. Ich schaute den dampfenden Schwaden zu, die hinter der halbhohen Trennwand zur Decke hochzogen.

Eine Stunde verging, bis sie wieder im Lampenschein auftauchte, der als breiter Streifen vom Bad bis ans Sofa fiel. Sie hatte ein Handtuch um, strubbliges Haar klebte um das Gesicht, das vom Schatten verborgen blieb. Ich streckte den Arm aus, und vorsichtig tappte sie auf mich zu. Ich wehrte mich gegen den Schwindel, der mich ergriff, eine schmerzhafte und um so wildere Lust, die mir ins Bewußtsein stieß, was ich vermißt hatte. Und als sie vor mir stand, zog ich das Handtuch auf und preßte mich gegen den warmen und feuchten Bauch. »Ob das gut ist? Ich meine, du solltest dir Zeit lassen«, sagte sie bittend und heftiger atmend, »du solltest dir Zeit lassen.« – »Willst du es nicht?« fragte ich rauh. Sie zauderte kurz. »Ach, ich will es ja«, sagte sie, lehnte sich vor, meinen Reißverschluß aufzerrend. »Ja, jetzt will ich es«, sagte sie wieder, »jetzt will ich es. Du mußt in mich kommen, Liebster, komm in mich.« Und als sie sich breitbeinig auf meinen Schoß setzte und sich erzitternd zu wiegen begann, legte ich meinen Kopf in den Nacken. Ich schloß meine Augen und gurgelte: »Claire.« »Claire!« sagte ich – bittend, behutsam und zuversichtlich – und versank in halb zwei hatten wir uns verabredet – oder irrte ich mich in der Zeit?

Im Treppenhaus stieß ich mit einem Museumsbewacher zusammen, der vor Schreck seinen Pappbecher fallen ließ. Heißer Kaffee spritzte auf seine Hand, die er hastig, nach Luft schnappend, an seiner Uniform abwischte. Er musterte mich mit verzerrtem Gesicht. »Machts nichts«, sagte er, als er sich wieder erholt hatte und ich eine Entschuldigung stammelte, »macht nichts«, und drehte sich zu seinem Pappbecher um, der bis zum Absatz gekullert war, »es ist ja nichts Schlimmes passiert.« Er klopfte mir nachsichtig auf meine Schulter. »Wer es eilig hat, heißt es bei uns, der muß schlendern«, bemerkte er blinzelnd, »Sie kennen das Sprichwort? Wer in Eile ist, sollte Geduld haben.«

Er hatte recht, und ich schlenderte heiter ins Freie.

DUMONT SPEICHER

MARCEL BEYER *Vergeßt mich*. Erzählung. Originalausgabe.
Etwa 64 Seiten.

JOHN VON DÜFFEL *Hotel Angst*. Erzählung. Originalausgabe. Etwa 112 Seiten.

JULIA FRANCK *Mir nichts, dir nichts*. Drei Erzählungen.
Etwa 64 Seiten.

MICHEL HOUELLEBECQ *Lebendig bleiben*. Deutschsprachige Erstausgabe. Aus dem Französischen
von Hinrich Schmidt-Henkel. Etwa 64 Seiten.

JAN KONEFFKE *Abschiedsnovelle*. Originalausgabe.
Etwa 112 Seiten.

JUDITH KUCKART *Dorfschönheit*. Erzählung. Etwa 96 Seiten.

ANDREA LEE *Mailänder Nächte*. Zwei Erzählungen.
Aus dem Englischen von Angela Praesent. Etwa 96 Seiten.

DAVID MEANS *Das Nest*. Drei Storys. Deutschsprachige Erstausgabe. Aus dem Englischen von Dirk van Gunsteren.
Etwa 72 Seiten.

HARUKI MURAKAMI *Frosch rettet Tokyo*. Drei Erzählungen.
Aus dem Japanischen von Ursula Gräfe. Etwa 96 Seiten.

CLAUDE SIMON *Das Haar der Berenike*. Erzählung.
Aus dem Französischen von Eva Moldenhauer.
Etwa 64 Seiten.

ARNOLD STADLER *Ausflug nach Afrika*. Erzählung.
Etwa 96 Seiten.

DIRK WITTENBORN *Bongo Europa*. Memoiren eines zwölf-
jährigen Sexbesessenen. Erzählung. Originalausgabe.
Aus dem Englischen von Angela Praesent. Etwa 80 Seiten.